OS DIAS DA CRISE

JERÔNIMO TEIXEIRA

Os dias da crise

COMPANHIA DAS LETRAS

Copyright © 2019 by Jerônimo Teixeira

Grafia atualizada segundo o Acordo Ortográfico da Língua Portuguesa de 1990, que entrou em vigor no Brasil em 2009.

Capa
Daniel Trench

Preparação
Márcia Copola

Revisão
Thaís Totino Richter
Huendel Viana

Os personagens e as situações desta obra são reais apenas no universo da ficção; não se referem a pessoas e fatos concretos, e não emitem opinião sobre eles.

Dados Internacionais de Catalogação na Publicação (CIP)
(Câmara Brasileira do Livro, SP, Brasil)

Teixeira, Jerônimo.
    Os dias da crise / Jerônimo Teixeira. — 1ª ed. — São Paulo : Companhia das Letras, 2019.

    ISBN 978-85-359-3234-8

    1. Ficção brasileira I. Título.

19-25998   CDD-B 869.3

Índice para catálogo sistemático:
1. Ficção : literatura brasileira 869.3

Maria Paula C. Riyuzo – Bibliotecária – CRB-8/7639

[2019]
Todos os direitos desta edição reservados à
EDITORA SCHWARCZ S.A.
Rua Bandeira Paulista, 702, cj. 32
04532-002 — São Paulo — SP
Telefone: (11) 3707-3500
www.companhiadasletras.com.br
www.blogdacompanhia.com.br
facebook.com/companhiadasletras
instagram.com/companhiadasletras
twitter.com/cialetras

Conversavam sobre algo polêmico, e de repente até se inflamaram. Mas para eles era tudo indiferente, e eu via isso, e se acaloravam à toa. De repente desabafei-lhes isso mesmo: "Ora, senhores, para vós, tanto faz". Não levaram a mal, apenas começaram a rir de mim. É que falei sem nenhuma censura, e só porque para mim tudo era indiferente. Viram mesmo que para mim tudo era indiferente e se alegraram muito.

Dostoiévski, *O sonho de um homem ridículo*

Não gosto de ler. Ninguém gosta. Mente quem diz o contrário. Livros são objetos desajeitados, desconfortáveis. Por mais fino que seja o volume (e espero que este seja esquálido), ele sempre exigirá do leitor um tempo dilatado o bastante para que os cotovelos acomodados sobre os braços da poltrona comecem a coçar, a doer. A opção de repousar o livro sobre uma mesa tampouco é satisfatória, sobretudo para pessoas altas (tenho um metro e noventa), que se veem obrigadas a curvar a coluna, com resultados às vezes dolorosos (tenho hérnia de disco). E quem foi mesmo que disse que livros e putas podem ser levados para a cama? Ora, putas, se bem escolhidas, não cansam os olhos.

No entanto, leio, li. Frequentei os clássicos que interessam. Não sou o filisteu típico que vegeta nos ambientes corporativos. O Souza, por exemplo. No tempo das vacas gordas, uns bons dez anos antes da minha entrada na empresa, ele havia sido uma lenda da criatividade contábil — ou assim ouvi dizer. Mas faltava-lhe a mais básica das referências culturais.

— Espada do quê?

— Ele está falando do passaralho, Souza.

Na verdade, Vladimir Eollo nunca falava em demissões. Seria capaz de desmontar um departamento inteiro sem usar a palavra "demissão". Um mês depois do Souza me perguntar sobre a espada que pendia sobre nossas cabeças, um memorando nos comunicou que, de um escritório de sessenta e cinco funcionários, trinta levariam o pé na bunda. A expressão vulgar obviamente não constava do texto; para se referir aos demitidos, Eollo recorreu à perífrase: "pessoas *afetadas*".

Garoto prodígio para os tempos de vacas magras, Eollo tentava engordá-las com o pasto gorduroso dos discursos motivacionais. Por um fio: assim vivíamos agora, ensinava o novo CEO na preleção que tanto confundira o Souza (a primeira em que se anunciou para breve o novíssimo Produto). E não era assim só por força do aperto econômico, das oscilações da bolsa, dos caprichos do mercado, da aceleração da tecnologia, mas pela escolha livre do nosso espírito animal. Era imperativo que *desejássemos* viver por um fio. E, quando o fio afinal se rompesse, passaríamos a concorrência pelo fio da espada.

Não foi o que aconteceu. A espada caiu bem na nossa cabeça. Ou, dito mais uma vez de forma vulgar: Eollo enfiou a espada no nosso rabo. No meu rabo, no de Souza, de Antônio Santini, de Roberto Suarez, de Jussara Hansel, da mulher que servia cafezinho — de todos nós. Eollo: desconfio que até o nome era inventado, que ele na verdade teria um sobrenome tão brasileiro e comum quanto o meu. Mendes, Martins, Silva, talvez até Souza.

Era... Se chamava... Errei o tempo verbal. Eollo é o presente, e o passado sou eu. Minha carreira executiva chegou ao seu melancólico termo cinco meses depois que nosso culto gestor evocou a imagem da espada lendária pendurada por um fio sobre nossas cabeças reais. Demiti-me logo após a revolução que não houve, o junho de 2013, quando estivemos todos nas ruas. (A pessoa plural não é retórica: estive lá, fui o mais improvável dos revolucionários.)

Eollo ainda será o presente por muito tempo. Ele segue carregando de uma empresa para outra o seu nome inventado, a sua marca fantasia. Seu currículo é uma sucessão de desastres, mas ele sempre consegue persuadir, seduzir os acionistas. É um dom, parte da sua natureza — a encantatória conversa furada que para ele vem sem esforço, e que exige só o mínimo de estudo. A lenda de Dâmocles, a partir da qual Eollo praticava a prestidigitação com a palavra "fio", ele a encontrou, tenho certeza, não em Cícero, mas em algum manual de autoajuda empresarial. Fez bem: deve-se sempre buscar as coisas onde é mais fácil encontrá-las. Livros são todos iguais. "Palavras, palavras, palavras", como dizia aquele acabrunhado príncipe escandinavo. Teufelsdröckh, muito a propósito, usou a frase, se é que isso chega a ser uma frase, como epígrafe de *Power of Powers*.

Mas falarei de John Teufelsdröckh adiante. Primeiro, o aniversário de meu irmão, Fábio, no qual se deu aquele que para mim foi o evento mais importante do ano: meu encontro com Helena.

Não fosse pela cabeleira desgrenhada, a senhora de calça e camisa de corte reto e cores neutras se apagaria completamente junto à mulher com o vestidinho de padrões florais. Mas, enquanto me aproximava das duas, conduzido pelo aniversariante do dia, o cabelo de minha cunhada parecia ocupar todo o horizonte, e eu só via o rosto de sua interlocutora de relance e aos pedaços — um queixo quadrado mas suave e um fino sorriso cuja contenção não permitia a exibição dos dentes eram em poucos segundos obstruídos por aquela maçaroca dançante, e em seguida vinha a compensação de um vislumbre do olhar, grandes olhos atentos e inquisitivos, de que cor seriam?, impossível distinguir, pois agora a massa capilar cinzenta voltava a obstruir minha visão. Já estávamos próximos o bastante para ouvir o que minha cunhada dizia — "... foi um julgamento político, um verdadeiro tribunal de exceção..." —, e eu ainda não conseguira distinguir o rosto da outra em sua inteira beleza.

— Rita, o Alexandre chegou — anunciou Fábio. — Helena, este é Alexandre, meu irmão. Alexandre, Helena, minha nova colega na Letras.

Verdes, os olhos eram verdes. E eu avaliara mal o queixo: arredondado, em total harmonia com o rosto oval, clássico, que se ofereceu jovialmente a um beijo de apresentação. Ela trazia o cabelo castanho arranjado sobre o ombro direito, e o beijo casual que dei em sua face esquerda desejou de imediato escorregar sobre a extensão nua do pescoço que vislumbrei abaixo. Rita me recebeu com um caloroso mas rápido "tudo bem, querido?" e logo retomou seu discurso. Era professora de jornalismo na ECA e gostava muito de falar não exatamente de política, mas do que a imprensa dizia sobre política. Em uma festa anterior e mais animada, no meu apartamento, ela passou a noite discutindo com o mais extremado de meus amigos, Juliano, que tem um deleite masoquista nesse tipo de embate. Ouvi os dois em silêncio, contando mentalmente o número de vezes em que minha cunhada usava a expressão "controle social" ou similares, e o número de vezes em que Juliano empregava "marxismo cultural" ou similares. Estava 39 a 27 quando decidi buscar outra roda de conversa.

Eu aprendera, no curso de muitos encontros, a jamais discordar de Rita. Imaginei, a princípio, que Helena tomava a mesma cautela: limitava-se a assentir com monossílabos e acenos de cabeça. O caso, porém, é que a compacta torrente verbal da minha cunhada não permitia nem interrupção nem interlocução — tivesse oportunidade de opinar sobre os temas políticos da hora, Helena, eu saberia mais tarde, teria se mostrado até mais carbonária. Quando Rita, no papel de anfitriã, desculpou-se para ir à cozinha dar alguma instrução à empregada, muito naturalmente abandonamos discussões jurídicas sobre o domínio do fato. Helena me perguntou o que eu fazia.

— Vivo sob a espada de Dâmocles — respondi.

Ela riu da resposta críptica, e me deliciei com sua risada. Adiante, esclareci a natureza do meu trabalho, de forma concisa, para não aborrecê-la, e fiz mais algumas piadas sobre quão ultrapassadas eram minha empresa e minha atividade (nada falei sobre o novo Produto, pois ainda não tinha a menor ideia do que se tratava). Afetar desprezo pelo trabalho era um artifício, parte do jogo. Funcionou. Helena foi abordada por outros homens ao longo da festa, aqueles tipos acadêmicos cujo charme depende inteiramente do cachimbo (não, nenhum deles trouxe de fato o cachimbo: o leitor, por favor, me permita a caricatura), mas não largou mais a minha companhia. Contou do concurso que prestara para lecionar literatura brasileira na USP, e de um concorrente que, chamado a dar uma aula sobre *Dom Casmurro*, falara o tempo todo no personagem *João Dias*, e do baixo nível dos alunos, e da comida ruim nos restaurantes do campus, e do bistrô caro onde se permitiu jantar, sozinha, para comemorar a aprovação no concurso (pediu magret de pato). Ouviu com interesse minhas próprias observações sobre bistrôs e restaurantes, e sobre a mediocridade das novas gerações (ela é mais jovem do que eu, mas ambos temos idade para sermos sentenciosos sobre o tema), e até sobre literatura (não gosto de ler, mas me mantenho inteirado: soube dizer uma ou duas coisas sobre Roberto Bolaño). A conversa às vezes tangenciou aqueles assuntos que tanto inflamam gente como Rita e Juliano, até porque os interesses acadêmicos de Helena não eram exclusivamente literários (uma de suas linhas de pesquisa era sobre "MPB e identidade de gênero"). Mas nosso primeiro encontro foi absolutamente singular no estúpido ano de 2013: a revigorante confirmação de que duas pessoas — um homem e uma mulher — ainda podem conversar por horas sem falar da presidente mulher ou do presidente negro, dos golpes da mídia ou do aparelhamento do Estado, de escândalos tucanos ou maracutaias petistas. Naquela noite, fomos monstros de indiferença. Pouco nos interessava a dor das crianças do Nordeste, da Palestina ou do Sudão. Ainda menos nos interessou o aniversário de meu irmão, pois, antes de servirem sei lá que prato regional com carne-seca que minha cunhada julgava muito autêntico e original, removemos da casa em Perdizes os dois únicos convidados que não eram rematados chatos. Bacalhau e vinho em um restaurante português nos Jardins, e de lá fomos até meu apartamento em Higienópolis.

"Selvagem" foi a palavra que usei, na segunda-feira, quando descrevi, para um grupo muito interessado de colegas, a primeira noite com Helena. Mas, ao ser instado sobre os detalhes da selvageria, tive de enfeitar os fatos. Não que Helena houvesse demonstrado inibição. Ocorre apenas que, objetivamente, nada fizemos que parecesse selvagem. As posições a que Helena me induziu eram convencionais. Sempre deixo às mulheres a opção de ocupar, digamos, a liderança — e preciso admitir que esse aparente desprendimento sexual é motivado por minhas condições lombares, a hérnia a que aludi lá na primeira página deste relato. Helena, no entanto, logo deitou-se de costas e me puxou por cima dela. De excepcional, nessa primeira trepada, foi o desempenho verbal de Helena. As obscenidades que ela dizia não me eram desconhecidas — mas, ah, o modo como ela as dizia! De olhos fechados, com um pequeno esforço de concentração, consigo ainda ouvir claramente a voz dela, "vem, me fode agora, com força", e essa lembrança me eletrifica. "Me fode" não era um pedido: era uma ofensa e um desafio.

Helena não quis passar a noite, embora eu a convidasse (e até certo ponto desejasse, de verdade, vê-la na minha cama na manhã de domingo). Não aceitei que ela chamasse um táxi; insisti em levá-la a seu prédio, em Pinheiros. Enquanto, no quarto, eu me arrumava para sair, ela descobriu a singular obra de arte que tenho na parede da sala — a máscara criada por Eduardo Bordeiro. Foi um instante — não alcanço adjetivo menos gasto — mágico: em silêncio, eu contemplava Helena, que, em silêncio, contemplava o rosto de porcelana.

— A Máscara da Morte Vermelha, do Poe? — ela perguntou.

— Pode ser — respondi, vago.

Com o indicador, tocando muito de leve a superfície da máscara, ela seguiu o contorno da mancha branca na testa.

Pois então: não gosto de ler. Mas leio. Me esforço.

Todo mês, como preparação para o Círculo da Blasfêmia, eu abria a Bíblia, meio ao acaso, em busca de uma passagem apropriada para os nossos trabalhos. 1 Reis 13. Um homem de Deus, um profeta, viaja de Judá a Betel para pregar contra um rei iníquo. Cumprida sua missão, Deus lhe dá instruções para o retorno a Judá: "Não comerás pão nem beberás água; e não voltarás pelo caminho por onde vieste". Nessas lendas antigas, sempre que uma figura de autoridade — bruxo, mago, fada ou deus — baixa uma interdição, já adivinhamos que ela será violada, com consequências nefastas para o personagem desobediente. Antes que o jovem pregador deixe Betel, um velho profeta local o convida a repousar em sua casa. O respeitável ancião alega que um anjo lhe comunicara a reversão da ordem inicial; o homem de Judá poderia, sim, comer e beber na cidade pecadora. Era mentira: quando o jovem desobedece à ordem primeira e verdadeira, Deus fala pela boca de seu

dissimulado anfitrião para amaldiçoar o homem de Judá —
que, no caminho de volta a sua terra, é morto por um leão.

— Não entendi — interrompeu Juliano. — Por que o
velho profeta mentiu? Pra eliminar a concorrência?

— Não sei. A Bíblia não é muito boa em explicar mo-
tivações.

— E o leão? Por que Deus precisa da porra de um leão?
Ele é Deus. Podia fulminar o cara no ato.

A estratégia de Juliano, invariavelmente, era questionar o poder divino. Na primeira de nossas sessões de blasfêmia, ele levantou o velho paradoxo da onipotência — se
Deus é todo-poderoso, pode criar uma pedra tão pesada
que ele mesmo não possa levantar? —, e desde então in-
sistia em passar variantes da mesma ideia.

— Não é isso que importa. O ponto central da história
é que não se pode confiar em quem diz falar em nome de
Deus — disse Jorge, sempre o moderado.

— Nem se pode confiar no próprio Deus. O Jeová do
Antigo Testamento é um personagem cheio de caprichos.
Um tirano voluntarioso. — Quem pontificava sobre a di-
vindade ancestral era meu irmão, Fábio, o único do grupo
que não pertencia nem desejava pertencer ao mundo corporativo; ainda que a Bíblia estivesse longe de sua área de
estudos, ele falava com o tom sentencioso de quem tem
autoridade em assuntos literários. — Veja só: o homem de
Judá não tinha razão para desconfiar do outro profeta. Até
onde ele sabia, não estava desobedecendo a Deus. Mesmo
assim, caiu em desgraça.

— Caiu foi na boca do leão — Francisco tentou a piada.

A rigor, tampouco ele adentrara os salões da vida corporativa. Tinha um MBA no currículo, mas por essa época
era representante comercial da Ambev. Quando compare-

cia ao Círculo (era o que mais faltava), sempre estacionava a duas ou três quadras de distância, para que ninguém visse o Palio com logotipo da Brahma nas portas. Precaução inútil: todos já conhecíamos seu veículo de trabalho.

A conversa seguiu com mais piadas ruins sobre o Livro dos Reis, mais platitudes sobre o éthos hebraico, mais contestações ligeiras à onipotência divina, até derivar para assuntos comezinhos da semana.

— Vladimir Eollo: taí outro deus caprichoso, hein, Alexandre?

A provocação era de Jorge. Ninguém sabia ao certo o que Jorge fazia, mas ele era sempre o mais bem informado sobre mudanças no trabalho dos demais. Respondi com alguma evasiva, mas não adiantou: logo toda a mesa comentava o currículo extraordinário de Eollo, seus inefáveis feitos no Vale do Silício, a startup que ele vendeu por uma cifra não revelada mas muito especulada. Tentei reforçar os princípios de Teufelsdröckh: nada de assuntos profanos durante a profanação de assuntos sagrados. Meus amigos até concordaram. Atiraram mais algumas pedras débeis nos velhos ídolos, mas a jovem potestade era sedutora.

— Alexandre, você ainda não disse nada. Afinal, o que você achou dele, de Vladimir Eollo?

Não lembro de quem partiu a intimação. Da mesa toda, decerto — afora meu irmão, que pouco se interessava por talentos empresariais emergentes e só estava lá porque considerava Teufelsdröckh um autor muito original.

— Ele está conosco só há duas semanas. Ainda não tive tempo de formar uma impressão. Deu para ver que é um homem muito direto, muito incisivo. Já anunciou mudanças.

— Que mudanças?

Desconversei. Falei em "reposicionamento de mercado" e "rebranding". A verdade, porém, era que a mudança radical prometida por Eollo extrapolava o modesto prefixo "re": atolada no atraso e afundada em dívidas, a empresa mudaria todos os seus objetivos. Passaríamos a fabricar e vender outro Produto, a ser lançado em um grande esforço publicitário nos meses seguintes. Nada disso era matéria sigilosa. A natureza do novo Produto, essa sim, andava cercada de mistério, e eu não desejava admitir a meus companheiros de mesa que me encontrava excluído do restrito grupo de trabalho — menos que um grupo, uma dupla: Eollo e seu homem de confiança, Raimundo Niquil — que sabia do que se tratava. Tentei voltar ao Livro dos Reis.

— Sabe o que mais me surpreende nesta passagem? O profeta de Betel mente para o colega de Judá e nem por isso acaba devorado por uma fera. Sai ileso, sem punição. Tem mais: Deus fala através dele. Deus fala pela boca de um mentiroso.

De relance, vi Fábio, à minha direita, abrir a boca como quem iria dizer algo. Mas preferiu beber mais um largo gole de cerveja (Heineken, só para provocar Francisco). Todos se calaram. Em *Power of Powers*, Teufelsdröckh recomendava o Círculo da Blasfêmia como um exercício nietzschiano para executivos. O objetivo, dizia, era se colocar acima da moral, das crenças, dos preconceitos mais sagrados de nosso tempo e lugar. Mas eu acabara de demonstrar que ninguém jamais seria tão blasfemo quanto o anônimo cronista de um reino hebraico da Antiguidade.

Círculo da Blasfêmia... A expressão soa pomposa, eu sei, mas não deve ser levada tão a sério. A ironia de seu criador talvez tenha escapado a seus improváveis discípulos paulistanos. John Teufelsdröckh: meu irmão o considerava um caso único de guru empresarial cuja obra tinha valor literário, mas aqueles que o admiram como estilista da língua inglesa devem ser ainda menos numerosos do que os seguidores de seus heterodoxos princípios de gestão. No Brasil, ele é conhecido apenas de uns poucos iniciados — sua palestra no Rio teve uma plateia de não mais de trinta pessoas, a um preço de dois mil reais por cabeça. Escreveu somente dois livros, nenhum deles traduzido em português.

Ao tempo dos eventos de que falo aqui, publicara apenas *Power of Powers*. Jorge, dentre nós o mais enfronhado na teoria liberal, dizia que aquele era o único manual de autoajuda empresarial que incorporara os princípios de Ayn Rand, ainda que ela não fosse citada no livro. Mas era difícil discernir uma doutrina clara em Teufelsdröckh. Seu apelo residia na irreverência. Não basta, dizia, proclamar que nada era sagrado: nada mais era *verdadeiro*. Na foto da orelha em *Power of Powers*, Teufelsdröckh aparece, sorridente, abraçado a Steve Jobs. No capítulo II, no meio de considerações um tanto técnicas sobre a crise dos subprimes, ele informa que a foto é falsa, uma montagem. No capítulo IV, aparentemente esquecido da revelação anterior, ele fala das circunstâncias do encontro com Jobs, e dos princípios fundamentais que ensinou ao criador da Apple.

Power of Powers parece ter funcionado para todos que o leram, menos para mim. Jorge, Francisco, Juliano, e até meu irmão, Fábio: nenhum deles tem importância particular para minha história, afora oferecer um colorido efeito de contraste. No Círculo da Blasfêmia eu era, por todos os critérios — dinheiro o principal deles —, o homem mais bem-sucedido da mesa. Hoje, todos ganham e mandam mais do que eu. Antes o mais rico, hoje o mais pobre: eis a transformação fundamental que esta narrativa pretende explicar. Só não me tome por um sujeito amargurado. Já disse que li os clássicos que interessam. Dostoiévski, porém, larguei pela metade. Não tenho paciência com ressentimento social. Eis uma grande lição de Teufelsdröckh: "*Everyone is where everyone is*". Entenda-se: "justiça" e "injustiça" são palavras carentes de sentido. Se Vladimir Eollo foi convocado por um estúpido headhunter para o cargo que de outro modo seria meu, é porque assim foi e assim devia ser. Eu, no lugar dele, teria salvado a empresa? Não. No máximo, estenderia a agonia por um tempo indefinido. (O bastante para salvar o Souza? Acho que não.)

Não tenho do que me queixar. Estou ainda nos primeiros aposentos da casa dos cinquenta anos e já levo vida de aposentado. Faço uma consultoria aqui e ali, coisa ligeira, que me exige pouco esforço e remunera bem. Fui previdente. Fiz, como dizem, meu pé-de-meia — um rico pé-de-meia, que já nem cabe nessa expressão tão assumidamente pedestre. Que Eollo e todos os meus amigos tenham conseguido mais não deve me revoltar. Outro dia, no estacionamento de um shopping, vi um antigo colega da FGV saindo de um Honda Fit. Dessa indignidade fui poupado.

— Olha lá o Souza tentando matar mais um.

Nas semanas que antecederam as demissões, Souza mostrou-se o mais diligente e o mais incompetente dos funcionários. Volta e meia, estava batendo com o nó dos dedos desesperados no marco da minha porta, que mantenho aberta (um dos poucos preceitos práticos de Teufelsdröckh). Vinha atualizar — "dar um update", ele dizia — algum relatório de vendas com dados que nada acrescentavam aos números magros do relatório anterior, ou discutir certa ideia inútil que ele teimava em qualificar de "estratégica". Não havia mais estratégia a estabelecer, pois já não sabíamos que guerra lutávamos. O novo Produto mudaria toda a paisagem não só da empresa mas, a acreditar em Eollo, do mercado. Souza temia ser mandado embora antes da prometida revolução. Provar-se um servidor do Ancien Régime cuja dedicação poderia ser igualmente útil ao Terror — essa era sua *estratégia* para conservar a cabeça quando a guilhotina fosse acionada.

Seu empenho contrastava com a atmosfera displicente do escritório naqueles dias (ou contrastaria, se alguém prestasse o mínimo de atenção no Souza). Andávamos meio a esmo de uma sala para outra, conversando em pé ao redor da mesa deste ou daquele colega, e o assunto quase nunca era estritamente profissional. Especulávamos sobre quem, afinal, seria cortado — especulações sem muito valor ou fundamento: o suposto demitido calhava sempre de ser alguém que não estava presente na roda de conversa (Souza, obviamente, era o mais citado). Depois de um tempo afetando segurança sobre nosso próprio destino — éramos todos imprescindíveis para a empresa —, ou fingindo despreocupação com o futuro imediato — que importava a ameaça de demissão, se podíamos todos prescindir da empresa? —, passávamos para tópicos mais estimulantes: futebol, política, sexo.

No entanto, trabalhávamos. Tivemos sucessivas reuniões para planejar a desmontagem mais eficiente da nossa linha de produção, e para extrair do mercado agonizante seus últimos trocadinhos (os cuidadosos relatórios do Souza talvez tenham tido sua utilidade nessa débil ofensiva final). Eollo nos chamava, em conjunto, para preleções longas e crípticas, ou para evasivas conversas individuais, a portas fechadas, das quais todo participante saía com pinta de conspirador, como se o sagrado conhecimento do novo Produto lhe houvesse sido confiado.

O passaralho representou, sobretudo, o período de ouro do Departamento de RH. Seu diretor, Raimundo Niquil, era o único profissional que o novo CEO trouxera para a empresa. O passado de Eollo permanecia indevassável à pesquisa, e dele só conhecíamos algumas generalidades lisonjeiras — executivo arrojado que já realizara coisas excepcionais, entre elas uma muito falada startup no Vale do Silício — e alguns detalhes pitorescos que ele acrescentava à própria lenda. Contava, por exemplo, que seu pai, militante comunista na clandestinidade, o batizara de Vladimir em homenagem a Lênin, e com essa anedota duvidosa sublinhava sua independência em relação aos valores que a família esperava que ele herdasse e defendesse. Niquil, ao contrário, estava aberto a nosso escrutínio. Fomos aos poucos reunindo as informações que cada um levantava de diferentes fontes para compor a biografia completa do executor (pois era essa sua tarefa à frente do RH). Niquil era francês de nascimento, mas viera para o Brasil ainda criança, em meados dos anos 1980. Seu pai, alto executivo de uma empresa estatal, em Paris, aparentemente se envolvera em um escândalo ligado à prospecção de petróleo na Líbia. Esses detalhes do passado familiar de início me pareceram meio fantasiosos, mas Leonardo Cardozo, que levantara os fatos com um amigo radicado na França, certo dia nos mostrou, no arquivo do *Le Figaro* na internet, a foto de um pálido e respeitável ocidental fraternalmente abraçado a Kadáfi. A legenda informava que aquele era Pierre Niquil, e não havia dúvida de que era o pai do nosso Raimundo (*né* Raymond). Não chegavam a ser fisicamente parecidos. O pai tinha um rosto magro e encovado, enquanto o filho era quase rechonchudo, com bochechas reluzentes que ele inflava quando tomava suas compenetradas notas na sala de reuniões, um cacoete que todos imitavam e ridicularizavam quando ele não estava presente. Mas, se o estilo é o homem — como terá dito, séculos atrás, um compatriota dos Niquil —, então os dois eram o mesmo homem. Ambos tinham um gosto pesado, quase funéreo: terno escuro e austero, conservadores óculos de aro grosso. Esse figurino, que parecia anacrônico no homem de meia-idade ao lado do ditador líbio, adequava-se com estranha perfeição ao jovem burocrata que víamos em frente ao computador tabulando avaliações funcionais.

Supõe-se que a migração foi motivada pelo escândalo. Que outra razão teria Pierre Niquil para carregar a jovem esposa e o filho pequeno de Paris para uma próspera mas modorrenta cidade do interior paranaense? No novo lar — e não se sabe por que ele escolheu o Brasil e o Paraná —, a ambição parece ter se arrefecido. No lugar dos grandes negócios e comissões da exploração de petróleo no Oriente Médio, contentou-se com o confortável mas comparativamente modesto lucro de uma pequena rede de postos BR. Foi o primeiro da região a montar uma loja de conveniência em um posto de combustível. O filho único, quando chegou a hora de fazer sua escolha profissional, ensaiou um distanciamento do pai empresário: passou em primeiro lugar no vestibular de psicologia na Universidade Federal do Paraná. Encaminhava-se para a psicanálise e sonhava com um consultório decorado com fotos de Freud e Lacan e imagens de *O sétimo selo* e *Morangos silvestres*, onde passaria os dias inflando as bochechas batráquias enquanto seus pacientes desfiariam sempre as mesmas narrativas de tédio curitibano. Mas o primeiro emprego que conseguiu ao sair da faculdade foi na área de recursos humanos, e poucos meses depois Eollo entrava na mesma empresa para começar sua fulgurante carreira, e de lá a improvável dupla saltaria para uma agência de publicidade em São Paulo, e desta para a nossa empresa (o lugar da tal startup milionária no Vale do Silício é impreciso nessa cronologia). Na prateleira de livros da sala de Niquil, três obras de Elisabeth Roudinesco, extraviadas entre manuais de gestão, davam testemunho da fanada pretensão psicanalítica.

O antecessor de Niquil fizera uma gestão apagada — a entrevista de admissão foi a conversa mais longa que tive com ele. Niquil, é verdade, falava ainda menos. Mas era uma presença incontornável na sala de reuniões, os perscrutadores óculos de aro grosso à direita de Eollo. Preferia comunicar-se por e-mail, pedindo, de cada diretor, avaliações muito técnicas sobre o desempenho de cada subordinado. Sabíamos, claro, que as avaliações serviam sobretudo para avaliar os avaliadores, e por isso buscávamos um equilíbrio que raramente correspondia à situação real do nosso quadro de funcionários: a maior parte dos subordinados era avaliada muito positivamente, para sustentar a ideia de que chefiávamos departamentos modelares; mas, para manter a imagem de chefe competitivo e exigente, era recomendável sacrificar um ou dois funcionários, indicando que a performance deles estava, nos termos dos questionários de avaliação, no "percentil inferior".

Aqui caberia dizer quem foi demitido, quem ficou. Mas nem tudo é trabalho. Pois, enquanto a empresa afundava, eu afundava em Helena, matéria de um novo, mais interessante capítulo.

Minha noção de tempo costuma ser ruim, mas consigo datar a festa (se cabe a palavra) de Fábio com facilidade: meu irmão faz aniversário em 21 de fevereiro, que naquele ano caiu em uma quinta-feira; a celebração foi no sábado, dia 23. Na sexta-feira seguinte, 1º de março, eu estava no bistrô francês em que Helena comemorara sua nomeação como docente da USP com um magret de pato. À minha frente, Helena, comendo um magret de pato. Era meu horário de expediente, mas eu podia muito bem faltar a uma ou duas rodas conspiratórias no escritório.

O prazer de ver Helena em outro vestido leve, o cabelo sempre ajeitado sobre o ombro esquerdo, no lado direito a lateral do pescoço alvo e longilíneo ofertando-se ao olhar sempre que ela inclinava a cabeça. O prazer de responder a suas perguntas protocolares sobre a minha semana, o prazer de ouvi-la rindo da piada tola que improvisei para não falar do trabalho, ou da falta de trabalho. O prazer de vê-la sorrindo, falando, comendo, bebendo vinho. O prazer de vê-la, apenas.

Ela tinha aula à tarde; eu precisava voltar ao escritório. Combinamos novo encontro para a noite do sábado. A ansiedade com que aguardei esse terceiro encontro, a esperança de que dessa vez ela acordasse na minha cama na manhã de domingo... Era o sexo — sempre é o sexo —, mas havia também outro encanto agindo sobre mim, qualquer coisa que só poderia ser definida em termos que agora, passado mais de um ano, soariam ridiculamente pueris.

A essa altura Helena já tivera oportunidade de expor suas ideias, em muito pouco distinguíveis daquelas professadas pela média do pensamento docente e discente da Faculdade de Filosofia, Letras e Ciências Humanas, essa vetusta entidade familiarmente apelidada de Fefeleche. Aos meus ouvidos iludidos, porém, os discursos de Helena tinham o lirismo inocente daqueles cronistas d'antanho que comparavam o conde ao passarinho, com ampla vantagem para o segundo. Era de um mundo brilhante e generoso que ela me falava, e falava muito, e por tanto tempo que lá pelas tantas o que ela dizia já não fazia diferença, a voz de Helena, com seu timbre forte e grave mas ainda assim feminino, dissolvendo-se em puro e doce som. A nota dissonante do confronto, da hostilidade em relação ao mundo real — este mundo duro e bruto que no entanto nos propiciava o prazer da conversa em um bistrô francês no meio de uma semana de trabalho — também estava lá, mas não me incomodava. Com o tempo, aprendi a desarmar Helena com algum gracejo ligeiro, que expressava mais desinteresse do que discordância sobre suas tantas opiniões e posições, e creio que Helena passou a aceitar meu descompromisso político como um defeito mais ou menos desculpável. Jamais aceitaria perder aquela mulher para o estúpido espírito do nosso tempo, que já começava a dividir velhos amigos.

* * *

— Professora de literatura da USP? Baranga feminazi, aposto! Melhor faz o Jorge, que está pegando uma filha de banqueiro.

Estávamos acostumados às grosserias de Juliano, mas dessa vez ele perdera a medida. A sugestão de que Helena se enquadrasse na estereotipia da professora universitária não me afetou. Nem me preocupei em desmenti-la. Em tempo, Juliano veria Helena com os próprios olhos levemente estrábicos (falarei desse encontro memorável adiante). Mas Jorge, que, posso afirmar com razoável segurança, não desejava o baú de ninguém (aliás, namorava não a filha, mas a sobrinha de um banqueiro), ficou compreensivelmente ofendido. Ameaçou ir embora; eu e Francisco, o anfitrião da noite, conseguimos retê-lo (meu irmão, Fábio, estava ausente). Mais difícil foi obrigar Juliano a pedir desculpas: de reuniões anteriores, já sabíamos que não era de sua natureza admitir um erro. O trabalho de pacificar ânimos melindrados terá nos custado no máximo uma meia hora, mas bastou para arruinar a noite. Não teríamos, como planejado, o Círculo da Blasfêmia. Tentamos, Francisco e eu, desviar a conversa para amenidades, mas os tempos não comportavam mais a leveza. Devo ter dito ainda alguma coisa sobre Helena, que Juliano tomou como a deixa para atacar a doutrinação esquerdista nas universidades.

— A Fefeleft não tem salvação. Tem que fechar aquela merda — disse.

Embora fosse o autor do trocadilho bilíngue de que Juliano se apropriara, Jorge não concordava com o fim do ensino de filosofia, letras e ciências humanas na USP. Fez alguns reparos à argumentação de Juliano, reparos que, a meus ouvidos distraídos, pareceram sensatos (Jorge cultivava a insensata crença de que a sensatez pode convencer os insensatos). Eu tivera a impressão de que aquela história de fechar a FFLCH fora só uma blague, uma provocação, mas estava enganado: não havia humor no repertório de Juliano. A discussão logo tornou-se agressiva, as vozes se elevaram, e Francisco, que antes tentara conciliar os dois amigos, agora também berrava e batia o punho na mesa (a rigor, no braço da poltrona; a mesa de centro era baixa demais para gestos enfáticos). Meus três amigos frequentavam os mesmos simpósios e conferências promovidos por institutos liberais e liam ou diziam ler os mesmos economistas austríacos; no entanto, brigavam com um ardor, com uma raiva que não teriam nem se discutissem com o espectro de Marx. Até aquela noite, eu ainda não percebera que havia uma guerra em curso no país. Guerra figurativa, na qual as baixas se resumiam a orgulhos machucados e vaidades ultrajadas, mas guerra ainda assim. Jorge, de longe o maior conhecedor de teoria econômica e filosofia liberal do nosso grupo, sempre foi, por personalidade, um homem moderado, e não há lugar para moderação nas trincheiras. Ele caiu inadvertidamente no papel do judas, do quinta-coluna, do inimigo infiltrado.

— Você está fazendo o jogo dos petralhas — acusou alguém, não lembro se Juliano ou Francisco.

Enquanto observava os amigos terçando armas, me intrigou o paradoxo de uma discussão ideológica tão inflamada eclodindo justamente em um grupo inspirado por Teufelsdröckh, que recusa todo e qualquer sistema de pensamento (a única grande ideia é não ter ideias, diz ele, em uma daquelas fórmulas sintéticas que, segundo meu irmão, emulam as máximas telegráficas de Pound: *No great idea but no idea"*). O paradoxo, percebo agora, é facilmente explicável: cada membro do grupo lia *Power of Powers* conforme suas próprias inclinações. Se Jorge considerava o liberalismo de Teufelsdröckh extremado em algumas passagens, Fábio — o esquerdista da Fefeleft, por sorte ausente daquela acerba discussão entre reaças — lia os mesmos trechos como paródia, ironia devastadora de um radical que buscava minar o capitalismo por dentro. Sim, eu sei, já existem especulações teóricas consagradas, "obra aberta" e quejandos, para tratar dessa incômoda propriedade da palavra escrita. Ainda assim, penso ter condensado toda uma nova teoria em uma frase enxuta que supera a conhecida platitude de Heráclito sobre homens e rios. Eis minha máxima:

Dois homens podem pegar a mesma mulher, mas jamais lerão o mesmo livro.

Lá pelas tantas Juliano se pôs a perorar sobre a necessidade imperiosa de defender a Civilização Judaico-Cristã Ocidental contra seus muitos e insidiosos inimigos. Foi quando comecei a figurar meus companheiros como cruzados acampados nos arredores da Cidade Santa, debatendo a melhor estratégia para derrotar os maometanos. Como Juliano acomodaria sua avantajada barriga dentro da armadura? Jorge, com aqueles bracinhos esquálidos, conseguiria levantar a espada? O escudo de Francisco traria o logotipo da Stella Artois fazendo as vezes de brasão heráldico? Tive de deixar a companhia dos nobres guerreiros para não gargalhar alto ali na sala. Mal ouviram quando me despedi — Elaine, a mulher de Francisco, que assistia a um filme na saleta contígua, foi quem me conduziu até a saída. Antes que a porta se fechasse, ainda ouvi Jorge esganiçando-se:

— *Gayzista*? Sério? É esta a palavra que você vai usar, *gayzista*?

Dias depois, quando comentei o episódio com Helena, ela desdenhou minha surpresa frente à intensidade da discussão que eu presenciara:

— Esse fascismo anda solto há muito tempo. Você por acaso não tem Facebook?

Foi a vez de Helena ficar surpresa, quando revelei que, de fato, não tinha — ainda hoje não tenho — conta no Facebook ou no Twitter. (Talvez seja uma falha grave para profissionais da minha área; por obrigação, temos de nos manter antenados com o comportamento dos consumidores. Eollo, tenho certeza, era, é um gênio dos cento e quarenta caracteres.)

"O fascismo anda solto": ela disse exatamente isso, como quem fala da proverbial bruxa, com a diferença de que a figura lendária da bruxa, graças aos esforços teóricos daqueles "estudos de gênero" que Helena empregava em suas análises das letras de Chico, Caetano e Gil, fora reabilitada, higienizada e alçada à condição sagrada de vítima do patriarcado, enquanto o bode fascista tomava seu lugar na fogueira, para encarnar e expiar o Mal do mundo. Helena, é claro, não falava do fascista histórico cujo cadáver foi pendurado pelos pés para exibição pública em Milão, mas de um fascista genérico e onipresente. E, embora eu mal o tenha percebido então (ou tenha fingido não perceber), ela incluíra, sem hesitação, três amigos meus na perigosa categoria dos fascistas que andam soltos pelo mundo. Até o sempre cordato Jorge, a última pessoa que eu imaginaria marchando sobre Roma de camisa preta, fora agregado ao *fascio*.

Seria eu mesmo, aos olhos de Helena, um fascista? Ah, não, de forma alguma, jamais! Eu a levava para jantar e pagava a conta, e deixava que ela escolhesse o filme que veríamos no cinema, e ouvia suas reclamações sobre docentes invejosos e discentes preguiçosos. Não é que Helena não aceitasse intimidades com um fascista — trata-se do caso inverso: a companhia de Helena me redimia, me *defascistizava*. "Você faz de mim um ser humano melhor" — sim, eu lhe disse, mais de uma vez, essa tolice que agora, registrada por escrito, me constrange. Quando rememoro, porém, a extensão de suas coxas ou a curva dos seus seios, ainda acredito nisso: Helena me elevava a um patamar moral bem superior ao do Médico Sem Fronteiras que vacina crianças nos grotões conflagrados do Congo. Uma noite com ela, e eu chegava mais próximo da santidade do que estaria depois de lavar os pés de todos os mendigos, noias e zumbis da Cracolândia.

Por favor, que não se conclua daí que nossa relação fosse meramente espiritual, o amor do poeta pela Beatriz feita só de luz no Paraíso. O sexo era outra coisa. Inteiramente outra coisa.

Um ser humano melhor: fui capaz até de estender minha recém-descoberta generosidade para o coitado do Souza. Encontrei-o no hall de entrada do escritório, vazio às dez horas da manhã — na atmosfera profissional negligente daqueles dias, a recepcionista achou razoável abandonar seu posto. Junto ao janelão que descortinava um horizonte prateado de outros incontáveis janelões de prédios comerciais, Souza observava o tráfego arrastado da Faria Lima, dezenove andares abaixo. Sua postura me causou um desconforto fugaz, uma contração ligeira no estômago: ele estava com a testa encostada no vidro, cuja superfície era embaçada por sua respiração. Encostei uma mão suave em seu ombro. Imaginava que ele, absorto como estava, teria um sobressalto, mas não: virou-se para mim, devagar, piscou algumas vezes, disse meu nome como quem lembra de um conhecido que não via há muitos, muitos anos.

— Estava aqui pensando: esta janela não abre. Nunca, mas nunca mesmo, em toda a minha vida profissional, eu trabalhei em um escritório com janelas que abrem.

Breve, densa pausa. Souza bateu o punho fechado, de leve, na janela.

— Vidro temperado. Impossível de quebrar.

— Vamos conversar na minha sala, Souza.

Sem estranhar o convite inédito, ele me seguiu ("Lá vai o Souza matar mais um", os colegas que nos viram devem ter dito). Uma vez instalado na cadeira em frente à minha mesa, não voltou a falar da espessura dos vidros. Perguntou se eu sabia qual era o novo Produto planejado por Eollo. Eu fora encurralado: admitir que sabia tanto quanto Souza — ou seja, nada — era me igualar a ele. Hesitei, gaguejei até, antes de encontrar uma frase evasiva e impessoal:

— No momento, essa informação ainda não é de conhecimento comum.

Souza sacou o iPhone do bolso.

— O Zezinho me fez instalar o Angry Birds. Sempre que a Luíza traz ele aqui no escritório, ele pede para jogar. Sabe até a senha do telefone.

Ali estava eu, diminuído, humilhado, e ouvindo as crônicas domésticas da família Souza. Que me servisse de lição: nunca mais colocar uma mão amiga sobre o ombro de um homem caído.

— Alexandre, você percebe o que isso significa? O meu neto de cinco anos já sabe usar o touchscreen. Você acha que essa garotada de hoje vai se interessar pelo que a gente faz? Que chance a gente tem nesse mercado? Nenhuma. Zero.

Souza afundou na cadeira, jogou a cabeça para trás, massageou a testa com a mão esquerda (a direita estava ocupada recolocando o celular no bolso da calça). Depois levantou de supetão.

— Vou trabalhar, que é o melhor que eu posso fazer.

Já da porta, ainda se voltou para dizer exatamente o que eu pensara:

— ... não que o meu melhor valha alguma coisa.

A filha Luíza, médica dermatologista, e o neto Zezinho, ás do Angry Birds, eram o que restava de felicidade na vida do Souza desde que ele ficara viúvo, quatro anos antes. Os dois apareciam no mínimo uma vez por semana em nosso escritório, para que o pai e avô coruja os levasse para almoçar em um restaurante das redondezas. Às vezes, em uma concessão ao paladar do menino, comiam no McDonald's da praça de alimentação do Iguatemi. Sei disso tudo porque Souza sempre enfadava os colegas com as novidades de Luizinha e Zezinho. Não seria engraçado se houvesse um Huguinho na história? Pois então, só para adicionar o terceiro sobrinho do Pato Donald à crônica familiar dos Souza, digamos que o irmão caçula de Luíza — cujo nome não lembro, ou nunca cheguei a saber — se chame Hugo. Souza não via esse filho havia quase dez anos. O rapaz cursava o segundo semestre de Publicidade quando foi aliciado por uma seita, um culto dos mais fanáticos, daqueles que exigem a quebra total de vínculos com família, amigos, escola, profissão. Lá se foi Hugo, atrás de algum duvidoso guia espiritual, convicto de que um dia ganhará carona de disco voador para um mundo mais avançado onde não existam guerra, fome, doença ou pais que trabalham em contabilidade.

Consta que Souza contratou um detetive para localizá-lo, sem sucesso. O desaparecido, no entanto, não esquecera o e-mail do pai: volta e meia, escrevia para dizer que estava arrependido, que desejava voltar para São Paulo, retomar os estudos, a vida, a sanidade mental. Mas, claro, precisava de dinheiro para a viagem de volta (nunca dizia de onde). Souza depositava o montante pedido, cada vez em uma conta bancária diferente, e então se seguia outro longo período de silêncio. O filho extraviado não era o único a sangrar o patrimônio paterno: Luíza pedia "empréstimos" frequentes. Trabalhava cada vez menos, a pretexto de se dedicar à criação do filho único; as poucas aplicações de botox e cauterizações de verrugas que ainda fazia mal cobriam sua parcela do aluguel no consultório compartilhado com dois colegas mais diligentes. Para agravar a situação, seu ex-marido alcoólatra não era dos mais assíduos no pagamento da pensão alimentícia de Zezinho. Não é difícil compreender as razões que levaram Souza a contemplar o chão dezenove andares abaixo.

Conhecíamos esses fatos sem que Souza jamais houvesse revelado nada, mais ou menos como sabíamos das amizades do caviloso *père* Niquil com ditadores africanos. Só não havia certeza sobre a estranha seita que roubara o filho pródigo da casa Souza. Uma versão da história, divulgada por Miguel Martins, colega fofoqueiro de Souza no Departamento de Contabilidade, dizia que Huguinho viajava por águas internacionais, lavando todos os dias o tombadilho de um navio da cientologia. Acho mais plausível que ele tenha encontrado um novo Jim Jones na selva amazônica. Os espíritos da floresta, todos sabem, vivem no mesmo plano astral por onde viajam os discos voadores.

Eis aí o Souza, meu igual na ignorância. Por acaso eu podia me julgar mais afortunado que esse pobre irmão, sem ser hipócrita? Que possuía, que possuo eu de melhor? Souza, pelo menos, encontrava alegria no neto que jogava Angry Birds. Qual a minha perspectiva de um dia ter um neto?

Por acaso, eu marcara para aquela mesma data um jantar com Laura.

Filha de pais separados: tenho idade o bastante para ter ouvido essa expressão como um estigma, uma letra vermelha não só bordada na roupa, mas tatuada na testa da pobre criança. Isso mudou, mas talvez não tanto. Laura, eu sei, não é mero produto dos poucos acertos e muitos desacertos de seus pais. No fundo, porém, não deixo de me sentir responsável, de acreditar que a inesgotável raiva que ela carrega para todas as suas paixões militantes seja resquício dos anos da infância, quando Laura ouvia a mãe insultando, no telefone e aos berros, a pobre secretária orientada a mentir sobre minhas atividades do dia, ou da noite. Laura fareja essa culpa em mim e sabe utilizá-la em seu proveito. Férias na Disney logo depois do divórcio, curso de francês em Paris aos quinze anos: a culpa, deusa caprichosa, exige grandes sacrifícios. Ao mesmo tempo, Laura enxerga claramente o que há de ridículo, de patético nas minhas reiteradas tentativas de compensar sua infância infeliz. Seu feroz senso de independência recusa a ideia de que exista qualquer herança atávica ou influência familiar no que ela pensa, no que ela faz, no que ela é.

Tudo considerado, minhas diferenças com Laura são até banais, em nada distintas das mágoas e ressentimentos também banais que eclodem em qualquer processo de divórcio. Mas Laura escolheu expressar suas mágoas e ressentimentos em um idioma que eu não domino: a linguagem da política. Dos dezesseis ou dezessete anos em diante, desafiar os privilégios elitistas do pai tornou-se o esporte favorito da filha.

— Quantos negros tem no seu escritório? — perguntou certa vez, dedo em riste a uma distância curta e insolente do meu nariz.

— Não sei — respondi. — Nunca parei para contar.

Agora que era adulta (legalmente, ao menos), Laura não tinha mais dias de visita regulamentados pela vara de família. Mas os laços de sangue e a mesada ainda a compeliam a jantar comigo duas vezes por mês. Naquele março, foi uma vez só, e eu sugeri o bistrô da minha vizinhança no qual recentemente presenciara a sensualidade de Helena desabrochar diante da carne de pato. Laura preferiu a lanchonete em Pinheiros que naquela semana fora eleita por sua turma como o melhor lugar para comer hambúrguer em São Paulo. Aceitei com alegria: tinha de agradecer por ela não ter acrescentado o veganismo a sua extensa lista de causas e bandeiras.

— E a faculdade, como vai? — perguntei depois que o garçom anotou nossos pedidos. Era o que podia perguntar, era o que devia perguntar. O que os pais perguntam.

— Estamos em greve.

Estudante, e em greve. Laura está no segundo ano de filosofia. Estudante de filosofia, e em greve.

— *Estamos*? Você e mais quem? O Guto?

Bola fora, pés pelas mãos, falta grave. Recorra ao humor, deixe uma nota de ironia no ar, que ela desarmará com facilidade, pois afinal é sua filha. Ou, antes, deixe o assunto morrer. Fale do tempo, como fazem dois estranhos, fale do trânsito, como fazem dois paulistas, mas nunca a desafie, jamais a confronte.

Tarde demais para consertar o estrago: Laura descera às barricadas e de lá arremessava paralelepípedos arrancados da rua. Então seu pai falocrata pensava que as convicções políticas dela vinham do namorado, que o ideário radical professado pela filha devia-se à influência paternalista de um *macho*? (Ah, se ao menos ela colocasse mais uma vez o dedo na minha cara para perguntar quantas mulheres em cargos executivos havia no meu escritório! Naquele dia, poderia responder com acuidade: cinco. Duas semanas depois, quando os "remanejamentos" de Niquil foram afinal efetuados, sobrou só uma.)

No meio daquela diatribe contra o pai e contra o patriarcado, Laura deixou passar uma revelação:

— ... além do mais, eu e o Guto já não estamos mais juntos...

Como? Dançou o namorado com quem ela fizera kite-surf em Jericoacoara ainda no início do ano? (Será mesquinho anotar que eu paguei pela viagem do jovem casal ao resort riponga-chique no Ceará? Sim, é mesquinho. Fica anotado mesmo assim.) Eu já havia dito três ou quatro vezes que não, não quisera sequer insinuar que ela não pensava por conta própria ou que era de algum modo inferior ou submissa ao namorado, mas essas débeis desculpas não acalmaram Laura. Ela nem sequer tomara conhecimento dos saborosos pacotes de colesterol que o garçom deixara sobre a mesa. Pois agora Guto, quem diria, vinha em meu socorro. Era a deixa para interromper aquela arenga:

— Espera, espera: como assim, você não está mais com o Guto? O que houve?

Laura retraiu-se. Se até então havia uma crispação de raiva no modo como ela escandia qualificações políticas e cuspia desqualificações morais — sim, a palavra "fascista" compareceu à conversa —, agora todo o seu rosto parecia se alongar, se desfazer, derreter, os lábios entreabertos e pasmados deixavam fragilmente expostos os dentinhos alvos e alinhados (milhares de reais em ortodontia) que eram feitos para morder o melhor hambúrguer da cidade, não para estraçalhar patriarcas da elite paulista. Eu conhecia aquela expressão: Laura estava ofendida, ferida, magoada. *Filho da puta*, pensei. *Guto traiu minha filha. Um cafajeste, previsível como são (somos) todos os cafajestes: comeu, tenho certeza, uma amiga de Laura, a melhor amiga de Laura.*

Laura corrigiu meu engano — a separação do casal (como talvez antes a sua união) obedecia, claro, a razões ideológicas.

— Eu não aprovo a violência como instrumento político.

O abismo geracional abria-se sobre a prosaica mesinha de fórmica. Laura aproveitou meu silêncio desconcertado para fazer uma significativa modulação no que acabara de dizer.

— Quer dizer... Eu não aprovo *certas formas* de violência como instrumento político.

A história que ela me contou em seguida talvez alarmasse um pai consciencioso (*minha filha anda com terroristas!*). Conservei a tranquilidade porque conheço Guto, aliás, Augusto Souto, filho de um cardiologista que mantém um vistoso e concorrido consultório no Itaim. O rapaz não tem a fibra necessária para assaltar bancos ou para se embrenhar no Araguaia. No entanto, Guto resolvera fabricar coquetéis molotov. Para que fim? Laura falou de movimentos sociais, plural, que estavam organizando um novo movimento, singular. Mencionou "ocupações": era preciso, dizia Laura, *ocupar* as ruas (e eu achando que as ruas da maior metrópole brasileira já tinham gente que chega). Laura anunciava os eventos de massa que tomariam o país poucos meses depois — eventos nos quais, contra minha natureza e julgamento, acabei me envolvendo —, mas não dei muita importância àquela conversa. Concluí que as razões de Guto para se iniciar nas artes incendiárias não seriam melhores do que as razões que o levaram a prestar vestibular para filosofia. Com uma substancial diferença: se vale usar o martelo para lidar com a filosofia, líquidos inflamáveis exigem um trato mais cuidadoso e delicado, de um cuidado e de uma delicadeza que faltaram ao ex-namorado de Laura e ao estudante de sociologia que o acompanhou no malfadado treinamento revolucionário.

Aos fatos: no final de janeiro, em um sábado de sol e calor, Guto e seu companheiro de armas instalaram-se no sítio do dr. Souto em Sorocaba, com o propósito de montar um arsenal para enfrentamentos com a polícia. Buscaram, segundo me disse Laura, um tutorial no YouTube, o faça-você-mesmo do guerrilheiro urbano. Juntaram garrafas vazias de vinho e uísque e compraram um galão de gasolina para os testes. Antes de acender o primeiro e único molotov, acenderam vários baseados (estou certo disso, embora a narrativa de Laura tenha omitido o detalhe). A experiência foi, em parte, bem-sucedida, com um galpão do sítio totalmente consumido pelas chamas. O velho caseiro do dr. Souto falhou em proteger o patrimônio do patrão: entre salvar o galpão incendiado e socorrer o incendiário, ele ficou com a segunda opção. Pois um inexplicável descuido no manuseio do combustível fez com que resíduos do material fossem parar em lugares improváveis. A dupla revolucionária não tocou fogo apenas no pavio da bomba: também arderam as longas melenas de nosso herói.

Com a compunção de quem fala de um soldado mutilado pela metralha na praia normanda, Laura me contou dos sofrimentos do ex-namorado. Rolando e arrastando-se no chão de terra, Guto conseguiu conter as chamas, e o caseiro rapidamente veio ajudá-lo, abafando as chamas com panos de chão (derrubado por um ataque de riso, o futuro sociólogo pouco colaborou com o socorro do amigo). O rosto, milagrosamente, escapou das chamas, mas foram necessários enxertos de pele na cabeça, e a orelha direita precisaria passar por mais de uma cirurgia plástica reparadora.

Laura chegara ao fim do relato e agora dava a primeira mordida no hambúrguer. Arrisquei perguntar sobre o ponto da história que mais me intrigara:

— Mas, Laura... Como é que ele conseguiu derramar gasolina no cabelo? No cabelo, Laura?

Eu já estava rindo antes de terminar a pergunta, e temia que ela se ofendesse com a risada. Mas não: Laura a princípio tentou se conter, mas logo se entregou a uma gargalhada solta, espontânea, luminosa, e eu, que desde muito não a via rir assim, ri mais ainda, e começamos a dizer tolices sobre xampus inflamáveis e condicionadores explosivos, e a rir mais, e a rir de novo.

O clima alegre logo se dissipou. Tive a má ideia de dizer que Guto afinal não estava em greve, mas em licença médica, e Laura recolheu-se de volta à barricada. Queimaduras de terceiro grau no couro cabeludo são matéria de piada, mas uma greve estudantil é coisa séria. O trajeto de carro até o Morumbi, onde Laura mora com a mãe, foi longo e silencioso. Quando me despedi, na porta do prédio, aventei a possibilidade de um novo encontro. "A gente se fala", foi a resposta dela.

(A gente se fala. Na verdade, não.)

Helena não riu quando lhe contei das trapalhadas de Guto. Não alcançou a óbvia nota cômica do sujeito que deseja incendiar o sistema mas acaba tocando fogo na própria cabeleira rebelde. Não insisti no assunto, mas ficou evidente que ela via qualquer coisa de elevado e nobre na quase autoimolação budista do estudante de filosofia. Tive a impressão de que Helena tampouco aprovou o fato de minha filha ter abandonado o rapaz nessa hora de dor. Eu, ao contrário, sentia uma ponta de orgulho por Laura afinal constatar que Guto podia até ser divertido e bonitão (antes dos cabelos tostados e da orelha desfigurada, bem entendido), mas que diversão e beleza desacompanhadas de um mínimo de inteligência têm prazo de validade curto.

No entanto, Laura e Helena teriam tanto a conversar! Se havia diferenças no que as duas pensavam e diziam, seriam de ênfase, não de substância. Só constato isso hoje, à distância: na época, as mesmas opiniões que me encantavam em Helena me exasperavam em Laura.

E finalmente Helena aceitou passar a noite em meu apartamento!

— Desta vez não vai ser tão fácil — disse ela, nua, pela manhã. — Você vai ter que brigar por mim.

Saiu correndo para a sala. Fui atrás e a derrubei no sofá. Helena se debatia, nós dois ríamos da brincadeira, e ela resistia, e ria, e me mordia e se debatia e resistia até não resistir mais. Selvagem, eu a havia descrito como uma amante selvagem. Helena começava a se aproximar da descrição.

Da parede, a máscara de Eduardo Bordeiro, irônica, nos observava em silêncio.

"Lá vai ele matar outro chefe": a piada era repetida sempre que víamos Souza entrar na sala de Eollo. Souza obviamente nunca matara ninguém. Foi apenas coincidência que ele estivesse na sala quando Olavo Meyer, antecessor de Eollo, começou a enrolar a língua e a babar pelo canto esquerdo da boca. Uma semana depois, Meyer morria no Einstein. Os colegas passaram a dizer que o relatório de vendas apresentado pelo Souza provocara o AVC. O próprio Souza, com algum desconforto, participava da piada, que nunca foi mais que isso, uma piada. Meyer não foi assassinado pelos números: era obeso, cardíaco e hipertenso, e as vendas já estavam em declínio meses antes de sua morte.

Por determinação dos acionistas, assumi interinamente o comando. Esperava conservar o posto, mas, uma quinzena depois, Eollo marchou escritório adentro. Não, não marchou: soprou, como um espírito dos ares, um Ariel debochado, levantando papéis das mesas, causando arrepios e bater de dentes. Lento, grave, pesado, Niquil veio atrás. O novo diretor de RH fazia, por contraste, o papel de um Caliban tristonho: desprovido de lascívia e ultraje, conservava, do personagem original, apenas a semelhança com um monstruoso peixe. Quando inflava as bochechas, Niquil era o perfeito baiacu.

O CEO e seu coadjuvante representavam a salvação da empresa. Mas, antes, a danação de boa parte de nós. O temido passaralho! Para decidir quem seria cortado, Niquil analisou todas as planilhas de produtividade e mediu todos os resultados, mas não parece ter jamais levantado os olhos da tela do Excel para ver o que se passava a sua volta.

Antônio Santini recebeu Eollo com perceptível contentamento — mas só porque seu maior concorrente na empresa perdeu a chefia que ocupara em caráter provisório. Santini foi meu rival, e bom rival. Tenho de reconhecer sua capacidade e sua seriedade. Também tenho de reconhecer que é bem fácil reconhecer os méritos do concorrente quando ele está fora do páreo: Santini foi demitido.

Roberto Suarez ostentava um conspícuo resíduo branco no nariz na reunião em que respondeu a um discurso de Eollo tentando puxar um coro de "bota pra fudê". Ficou com a diretoria antes ocupada por Santini.

Leonardo Cardozo estava tendo um caso com Jussara Hansel. É o tipo de fofoca que sempre circula pelo escritório, por mais discretos que sejam os amantes. Mas o escritório não ouviu apenas a fofoca: a sala de Jussara tinha péssimo isolamento acústico. Cardozo foi demitido, Jussara ficou.

Pelo que já contei antes, o leitor sabe que eu tampouco fui demitido. Mas eis aqui uma surpresa: Souza conservou o emprego; a espada, em seu departamento, caiu sobre Miguel Martins, que sempre me pareceu mais inteligente e preparado. Meu irmão, meu igual na ignorância, Souza: se ele pelo menos matasse mais um chefe…

* * *

Conheci Jorge em um evento empresarial, um desses seminários sobre a nova economia virtual que se faziam quando a internet era discada. Ele é o mais jovem e o mais culto de meu círculo de amigos. Fez alguns anos de filosofia antes de se decidir pela Faculdade de Economia, e concluiu pós-graduações nas duas áreas. Foi Jorge quem primeiro me falou com entusiasmo de um autor americano de sobrenome alemão que tinha uma perspectiva inovadora e iconoclasta sobre o modo como as empresas se organizavam e se apresentavam ao mercado. Eu *tinha* de ler John Teufelsdröckh, *Power of Powers* fora escrito *para mim*, garantia Jorge. Não sei se ele divulgou o livro nesses termos tão pessoais para Francisco e Juliano, mas foi só quando os dois também se puseram a citar Teufelsdröckh que decidi ler o livro. Descobri passagens que pareciam incongruentes com o ideário empresarial dos meus três amigos. Sim, *Power of Powers* expressa admiração pelo poder criativo do indivíduo e da iniciativa privada, como é de esperar de um manual de gestão para empresários. Ao mesmo tempo, há uma nota cética que escapou à leitura de Jorge. Teufelsdröckh fala da importância da inovação em termos bastante convencionais no capítulo v, mas, dois capítulos adiante, afirma que *parecer* inovador pode ser mais importante do que *ser* inovador. E encerra o livro com o elogio da fraude, do engano, da artificialidade: autenticidade, conclui, é um valor perigoso, prezado por românticos, hippies e luditas — ou, pior, por chauvinistas que cultuam o *Blut und Boden* (essa é a única nota explicitamente política em *Power of Powers*).

Foi sobretudo por sua apologia despudorada da mentira publicitária que Teufelsdröckh conquistou a admiração de Fábio (tudo o que o autor escreve é paródia, sátira, ironia, afirma até hoje meu irmão. Tenho minhas dúvidas). Ele tomou conhecimento de *Power of Powers* em um desafio fraternal que fizemos em 2011: leríamos obras das áreas de interesse um do outro. Fábio me indicou um livro de introdução à ecocrítica, curiosa mistura de estudos literários e ambientalismo em que ele começava a se enfronhar (esqueci o nome do autor; lembro que era professor da Universidade de Bath, cidade que sempre esqueço de visitar quando vou à Inglaterra), e eu lhe passei *Power of Powers*.

— Teufelsdröckh, o nome não me é estranho — disse meu irmão quando lhe emprestei o livro.

Pensei que fosse uma afetação típica de professores de literatura — nunca admitir que não se conhece um autor —, mas ele realmente lera, em tradução francesa, um livro de Diogenes Teufelsdröckh, obscuro filósofo alemão que John Teufelsdröckh orgulhava-se de ter como antepassado. Trata-se de um ensaio sobre um tema inusitado para o idealismo alemão do século xix: roupas e seu significado.

— Ele escreveu isso mais de um século antes do *Sistema da moda*, do Barthes — me disse Fábio (professores de teoria literária espantam-se quando alguém escreve sobre temas de Roland Barthes antes de Roland Barthes).

Com Fábio, fechava-se nosso clube Teufelsdröckh. Éramos cinco, e *Power of Powers* recomendava de quatro a oito pessoas para a prática desse estranho exercício motivacional: afirmar-se pela negação. O texto só não era específico sobre os temas de que deveríamos falar no Círculo da Blasfêmia. Bastava escolher qualquer ideia ou crença que fosse *sagrada* no meio social em que vivemos — de preferência, que fosse sagrada para os próprios membros do círculo. Optamos por atacar a religião, escolha preguiçosa induzida pela palavra "blasfêmia". Jorge e Fábio, personalidades mais acadêmicas, levavam o exercício com certo rigor, e eu fazia o limitado esforço de buscar passagens nas Escrituras para iniciar os trabalhos. Mas, por um bom tempo, o Círculo da Blasfêmia foi sobretudo um pretexto para uma roda de conversa, com comes e bebes — e, em certa ocasião na qual o antitabagista Jorge esteve ausente, charutos.

Assim seguiu a brincadeira, até a intolerável seriedade dos nossos dias contaminar o grupo. Foi na casa de Jorge, e eu até imaginava que, depois do atrito com o anfitrião no encontro anterior, Juliano não compareceria. Mas ele veio, e veio com ímpetos de revanche — que, no entanto, não se voltaram contra Jorge. Naquela noite, teríamos a primeira baixa do Círculo da Blasfêmia.

Escolhemos a passagem do Evangelho em que Jesus faz a figueira secar porque não era época de frutos. Começamos com os ataques previsíveis — não seria milagre maior se ele fizesse nascer figos instantâneos? Ou, maior ainda, se fizesse nascer romãs da figueira? Juliano protestou:

— Qual é a graça? — perguntou. — Qual é a graça dessa merda?

Para meu julgamento, a passagem evangélica em que um messias caprichoso mata a árvore que não lhe matou a fome tem uma graça toda própria, que até dispensaria nosso deboche. Mas Juliano declarou sua inconformidade. A proposta de Teufelsdröckh não era essa, porra! O objetivo era atacar crenças sagradas do grupo todo, caralho!

— A Bíblia não é sagrada pra vocês. Só para mim — disse, o dedo indicador sobre o peito como o Cristo que aponta para o Sagrado Coração. — Só para mim.

A fé religiosa sempre me pareceu um atributo incongruente com a inconstância do profissional que ganha a vida anunciando as delícias do bombom recheado de caramelo num mês e a eficiência da pasta de dentes com flúor no mês seguinte. (Já disse que Juliano é publicitário? Não? Pois digo agora: Juliano é publicitário.) Nunca levara a sério a conversa de Juliano sobre o legado da Civilização Judaico-Cristã Ocidental. Pelo jeito, eu estava errado: o sujeito que levantava o paradoxo da onipotência divina tornara--se, quem diria, católico devoto. Talvez não propriamente devoto: Juliano era um católico militante. Jorge, que em seus anos como estudante de filosofia aprendera a admirar Tomás de Aquino, não se manifestou sobre a conversão milagrosa do amigo com quem andava estranhado. Francisco, porém, apoiou Juliano: sim, chegara a hora de abater outras vacas sagradas — feminismo, ideologia de gênero, cotas raciais, o "politicamente correto". Meu irmão se opôs: o Círculo da Blasfêmia deveria se limitar à crítica de ideias religiosas. Correção política e doutrinas irmãs não se qualificavam como crenças sagradas.

— O que é sagrado para você, Fábio? — inquiriu Francisco.

— A rigor, nada.

— Nada? Nada mesmo?

— Veja, na tradição iluminista, à qual eu me filio...

Será talvez uma velha mágoa familiar: as preleções de Fábio me irritam. Desde muito antes de se tornar professor, meu irmão mais jovem já falava comigo nesse tom professoral. Eu até deixaria passar a presunção com que ele se filiava à tal tradição iluminista — no céu dos ateus, Voltaire e Hume regozijam-se com o cálido reconhecimento do professor de ecocrítica —, se ele não insistisse em pontuar sua discurseira com expressões condescendentes: "veja...

compreenda o seguinte... atente bem para a distinção entre...". Fábio explicava que defender valores fundamentais para a esfera pública, liberdade-igualdade-fraternidade e não sei o que mais, era diferente de afirmar o caráter sagrado dessas abstrações, quando eu atalhei:

— Mas as florestas, Fábio? Nem as florestas são sagradas?

Terei visto rancor no modo como meu irmão olhou para mim? Talvez tenha sido apenas incompreensão. Antes que ele pudesse retrucar, Jorge, o discreto, o manso Jorge, partia para o ataque:

— Pro Fábio, devem ser. Ele até põe tribo indígena como sobrenome no Facebook.

— É verdade, eu sou solidário com os primeiros povos do Brasil, eu me posiciono contra toda uma história de genocídio. Mas isso não tem nada a ver com o sagrado. Veja, o conceito do sagrado...

Não, o Círculo da Blasfêmia não permitiria que meu irmão subisse à cátedra mais uma vez. Juliano, o converso, voltou à carga:

— Tudo bem, Fábio. O "sagrado" — as aspas seriam palpáveis no modo como a palavra foi enunciada, mas Juliano achou necessário fazer o gesto com os dedos — não tem nada a ver com isso. Mas, se é assim mesmo, você pode fazer piada de índio, certo?

— Piada de índio?

— Piada de índio, pô! Qualquer uma. Apito, espelho, chinelo havaiana, está valendo tudo. Nada é sagrado.

— Não, veja, são coisas distintas: não tem nada a ver com o sagrado, mas com o respeito que se deve às culturas nativas, aos primeiros habitantes...

— Não enrola, Fábio! — Agora era Francisco quem o

pressionava. — Conta aí uma piada, diz qualquer besteira. Nenhum índio vai morrer por causa disso.

Acuado, meu irmão buscou o mais sinuoso dos caminhos de saída: a psicanálise. No seu primeiro seminário, Lacan propunha que o simples fato de usarmos a palavra "elefante" alterava a vida dos paquidermes. O ato de nomear o animal já trazia em si planos para a extração de marfim. A palavra tem efeito sobre o mundo, e por isso nenhuma piada de índio era inofensiva.

— Então uma palavra, por si só, tem o poder de mudar a realidade concreta. — Era Jorge quem respondia, com respeitosa seriedade. — Fábio, não sei se você percebe, mas isso é pensamento mágico.

Juliano aproveitou a deixa, com rara presença de espírito:

— Sim: pensamento de índio!

Ainda ríamos quando Fábio levantou-se e, lacônico, se despediu.

No dia seguinte, meu irmão me mandou um e-mail lamentando que eu houvesse incentivado aquele "deplorável episódio de racismo". Nunca mais foi a nossas reuniões. Mas pouco tempo depois compareceu, alegremente, ao casamento de Jorge. Não era uma festa que se pudesse perder.

— Ele te conhece bem, esse Eduardo Cordeiro.

— É Bordeiro, não Cordeiro.

No meu quarto, depois do sexo, Helena, só de calcinha, examinava pela primeira vez o pequeno desenho pendurado no espaço estreito entre a porta e o armário embutido.

— Dá para ver como você é... sério.

— Sério é tudo que eu nunca quis ser.

— Sério, não: profundo.

Helena voltou para a cama. Aninhou-se no meu peito.

— Você é profundo, mas não quer parecer profundo. Um homem profundo que ama a superfície.

— Dá para ver tudo isso num guardanapo de papel?

— Claro. Você está inteirinho no desenho.

— E também dá pra ver no desenho como eu sou bom de cama?

— Por acaso esse Eduardo Bordeiro tinha como saber disso?

— Ah, eu desconfio que ele era gay, sim. Mas não tenho certeza. Ele nunca falava da vida pessoal. Eduardo era um mistério. Um homem profundo, de verdade.

— *Era*? Ele já morreu?

— Eu não te disse? Sim, morreu, uns dez anos atrás.

O assunto também morria. Lânguida, sonolenta, Helena fazia carinho no peito que pouco antes lacerara com suas unhas vermelhas. Busquei o desenho de Eduardo na parede. Da cama, com o peso dengoso de Helena impedindo que eu soerguesse o corpo, quase não era possível discerni-lo. Mas eu o conheço bem: agora mesmo, enquanto escrevo na mesa do escritório, não preciso voltar ao quarto para evocar o traço rápido e nervoso com que o desenhista definiu meu rosto, o nariz fino, os olhos um tanto proeminentes, a testa oculta sob a estúpida franja que eu usava naquele tempo. Estou sorrindo, um sorriso sardônico que não gostei de ver quando Eduardo me passou o guardanapo depois de uns poucos minutos rabiscando na mesa do bar. Na minha frente, um copo cheio pela metade, com um solitário cubo de gelo. Éramos seis colegas de faculdade naquela mesa, mas Eduardo só fez um retrato. Disse que me escolheu porque eu era o único que estava bebendo uísque — desejava retratar não a pessoa, mas o cubo de gelo. O desenho esteve guardado por anos na mesma pasta em que ainda conservo o diploma e outros documentos acadêmicos. Foi só depois da morte do autor que decidi emoldurá-lo.

Uma faculdade de administração é um lugar improvável para encontrar um poeta ou artista. Talvez por isso mesmo Eduardo Bordeiro tenha escolhido a FGV: queria distância de seus pares. Desenhar, pintar, compor, criar — nada disso, ele dizia, se aprende em cursos de belas-artes, ou nas cadeiras de design oferecidas nas faculdades de comunicação. Administração de empresas, ao contrário, é o que há de mais útil para um artista. Anos depois, em uma de suas poucas entrevistas, Eduardo diria: "Minha ambição é vender, e vender caro. O preço é a única medida do valor artístico". Era só uma provocação, mas nem como provocação funcionou: perdida no meio de uma reportagem sobre novos artistas publicada na Ilustrada, no fim dos anos 1980, a declaração mercenária pouco repercutiu.

Eduardo Bordeiro vendeu pouco. Sua última exposição individual, dois anos antes da morte, causou um limitado escândalo por causa de uma instalação em que fetos giravam, como frangos, nos espetos de uma assadeira rotativa, dessas que se encontram em padarias. O título da peça era *Emancipação feminina*. Eduardo tentou divulgar o boato de que os fetos — feitos de gesso ou matéria plástica, não sei ao certo — eram reais, mas a lorota não foi longe. Na mesma mostra, o *Mural dos mártires* trazia seis fotos tétricas de pessoas que morreram de aids, nos anos 1980, antes dos coquetéis antirretrovirais. Acima de cada imagem, máscaras de um vermelho vivo nas quais se reproduziam, em branco contrastante, os sarcomas de Kaposi dos fotografados. Um crítico de arte acusou a "morbidez sensacionalista" do conjunto, e talvez estivesse certo. Para o meu gosto, porém, havia uma beleza dura, minimalista, nas máscaras, tomadas individualmente. Eu talvez tenha sido o único a comprar uma delas — aliás, duas, mas só me sobrou uma. Eduardo fez questão de me entregar também as fotos dos moribundos cujos sarcomas foram copiados. Não conservei as fotos.

Desafetos no meio artístico espalharam que o próprio Eduardo havia morrido de aids. Acompanhei sua agonia, e portanto conheço a causa verdadeira: câncer pancreático.

Seria belo imaginar que estive à cabeceira do seu leito de morte porque amizades da juventude são assim duradouras. A verdade, porém, é que conservei a amizade de Eduardo até o fim — e até onde sua personalidade reservada e refratária autorizava — apenas devido a circunstâncias familiares. Foi só um ano e meio depois da morte do colega que me divorciei da sua irmã — que, em um excepcional momento de generosidade na partilha, reconheceu que Eduardo gostaria que eu ficasse com uma de suas máscaras.

"De tudo ficou um pouco", dizia um poema de Drummond que meu amigo recitava de cor. De Eduardo Bordeiro, ficaram a máscara de porcelana com uma mancha branca na testa e o desenho em um guardanapo. Resíduos que insensivelmente foram se tornando invisíveis, como são invisíveis os livros que ainda não li na estante às minhas costas, o ímã de geladeira com o telefone de um serviço de ambulâncias que espero nunca usar, o vaso no hall de entrada com uma planta decorativa que encarreguei a faxineira de regar.

Então Helena me fez olhar novamente para o desenho do cubo de gelo com um homem superficial ao fundo, e para a mórbida máscara com um sarcoma de Kaposi. Mulheres que passaram por meu apartamento antes nunca repararam nesses dois objetos. Gosto de imaginar que a admiração de Helena pelas obras de meu falecido cunhado revelava uma afinidade íntima, profunda e secreta comigo. Mas estou idealizando Helena, e sobretudo idealizando a mim mesmo: se sensibilidade artística tivesse realmente importância na minha escolha de mulheres, nunca teria casado com a mãe de Laura ("Esta é minha irmã, Filisteia", foi como Eduardo me apresentou a ela).

O artista obscuro morto há dez anos não tem, reconheço, muito que fazer nos eventos que narro aqui. Talvez eu esteja cultivando a ambição fútil de reavivar o interesse por um nome hoje esquecido. No mercado de arte, ninguém mais compra ou vende Eduardo Bordeiro; suas obras não ganharam os acervos de museus de arte contemporânea e não aparecem em exposições retrospectivas. Uma injustiça a ser corrigida? Teufelsdröckh discorda: *"Everyone is where everyone is"*.

Outro nome fácil de esquecer: Souza. O meu Souza, coitado, nem sequer se chamava Souza. Há numerosos Souzas e Sousas por aí; um sobrenome tão pouco específico seria, imaginei, imediatamente detectado como pseudônimo. No entanto, uma gentil amiga que está lendo estas páginas acreditou que o falso Souza pertencia verdadeiramente à imensa família Souza.

Souza foi o único colega cujo nome alterei, para preservar sua família (que ninguém vê há anos, e que talvez nem merecesse ser preservada). Todos os demais aparecem com o nome verdadeiro e sabem que também são verdadeiros os episódios que narro aqui — respondo em juízo pelo que escrevo, se necessário. Fiz a deferência de empregar apenas o prenome dos amigos do Círculo da Blasfêmia, que talvez não desejem ver expostas as monstruosidades etnocêntricas que diziam sobre os povos nativos. Só meu irmão, Fábio, não tem escapatória: se esta narrativa for publicada, seu nome de família fatalmente estará na capa e na lombada.

Como seria inútil ocultar o nome de meus familiares, minha filha também aparece com o nome verdadeiro (não cito o nome da mãe dela, o que irritará ainda mais a minha ex-mulher). Helena, ainda que o leitor duvide, carrega mesmo esse nome que o mito e a convenção associam à beleza. Por falar em beleza, há outra falha na narrativa, que deve ser debitada à minha inexperiência no ofício:

quase não ofereço ao leitor descrições dos meus personagens. Na ausência de informações sobre as características físicas de Souza, minha amiga imaginou-o como um tipo gorducho, com bigode de rato, suarento, desalinhado e, ainda por cima, calvo. Se interessa saber, Souza foi o que se costuma chamar de "um senhor distinto": barba grisalha bem aparada que disfarçava as feições encovadas, terno cortado à perfeição para o corpo esbelto. Regulava comigo em altura. Um homem alto, portanto.

A amiga que fez o favor de ler o que redigi até agora, insiste para que eu me demore mais na descrição das pessoas — e até invocou as lições de Flaubert a Maupassant. Ela me conta que o mestre propunha ao jovem contista um exercício quando os dois andavam pelas ruas de Paris: descrever uma passante de modo tão detalhado e específico que se tornasse impossível confundi-la com qualquer outra na multidão. Prometi me esforçar mais nas caracterizações físicas.

Não cumprirei a promessa. O ensinamento de Flaubert baseia-se em uma ilusão de seu empedernido espírito burguês: a ideia de que cada ser humano é sempre único e portanto perfeitamente distinguível de todos os demais. Mas esse Indivíduo, com inicial maiúscula, é só uma fixação infantil de grandes mestres do realismo francês e de baixos proselitistas do liberalismo brasileiro. Sim, com algum esforço e um dicionário analógico, eu talvez encontrasse o *mot juste* para descrever, por exemplo, a barba de Eollo de forma que não se pudesse confundi-la com qualquer outra barba do Brasil contemporâneo ou da antiga Assíria. Mas para quê? Basta dizer que se tratava de uma barba de hipster, e o leitor já terá a imagem exata da barba e de seu dono. *"Three I's in 'individual': a contradiction"*, diz o intraduzível Teufelsdröckh.

O Produto estava bem encaminhado: uma linha de produção seria montada na China. Mais barato fabricar lá, dizia Eollo, amparado nos números que Niquil, extrapolando suas funções de diretor de RH, apresentava no PowerPoint. Souza, que adquirira o desagradável hábito de visitar minha sala, me apresentava números mais simples e menos otimistas. Se o Produto fracassar, dizia, é o fim. Será a falência da empresa. E, se a empresa quebra, quem vai empregar gente da *nossa* idade?

Novas dificuldades surgiam na vida de Souza justo naquele momento delicado. Ou, antes, reaparecia a dificuldade de sempre, com uma diferença significativa: o filho pedia, de novo, dinheiro para voltar para casa; dessa vez, porém, ele não só informava seu paradeiro — Belém do Pará —, como ainda solicitava ao pai que providenciasse a passagem aérea. Souza sentia-se ao mesmo tempo esperançoso e receoso: acreditava que retomaria o controle sobre o filho errático se ele voltasse para São Paulo, mas temia que fosse tudo um esquema fraudulento. E se Huguinho afinal não pegasse o avião? Se desse um jeito de mudar o destino para Rio Branco, Lima, La Paz, desaparecendo, como de costume, por mais alguns meses, anos, eternidades? Souza angustiava-se e, ainda comovido com a mão casual que pousei sobre seu ombro, compartilhava a angústia comigo, com inédita franqueza. (Conservava certas reservas: nada dizia sobre seitas, discos voadores, gurus da Nova Era, lavagem cerebral. Tudo o que precisava ser dito era que o filho estava havia muito tempo longe — e que tinha um *problema*.)

Souza não se interessava pela anunciada viagem de inspeção à fábrica chinesa. O escritório todo especulava sobre quem seria o escolhido para acompanhar Eollo e Niquil a Pequim, mas Souza não era ingênuo a ponto de adicionar essa ansiedade à sua bagagem já bem pesada de preocupações: não seria ele, é óbvio. Roberto Suarez despontava como o candidato natural, todo dia reunido a portas fechadas com Eollo. Verdade que essas reuniões nem sempre eram convocadas pela chefia: tipicamente, era Suarez quem, após alguns momentos de inspiração no banheiro, batia à porta do diretor.

Não sei de onde viria esse estranho sobrenome espanhol (e sem acento no A): a despeito de certas predileções colombianas, Suarez passava longe do fenótipo hispano-americano. Branco, pálido, tinha até sardas, que lhe davam um ar de inocência pueril contrastante com o modo agressivo como se portava no trabalho. Era mesmo jovem, o Suarez. Trinta e poucos anos. Jovem e, claro, arrojado. Não é o que se espera no nosso ramo? O executivo arrojado: a expressão é um clichê e um eufemismo. Eollo, no entanto, desejava o monopólio do arrojo. Em mais de uma ocasião, eu o vi interromper, impaciente, o que Suarez dizia:

— Não, não é nada disso. E nem é hora de discutir esse assunto.

Suarez conseguiu ainda a façanha de fazer Niquil erguer os olhos de sua planilha. Foi quando repetiu uma daquelas fórmulas que Eollo imaginava ter inventado:

— Para fazer a diferença, tem que fazer diferente.

Niquil levantou a cabeçorra, ajustou os óculos e apertou um pouco os olhos, para melhor distinguir as feições infantis de Suarez. Constatava um erro nas suas minuciosas avaliações e tabulações: *já se passou uma quinzena desde o anúncio dos cortes, e o bajulador que repete frases inanes do chefe continua aqui.*

Mas exagero! O olhar mortiço do diretor de Recursos Humanos não poderia expressar tanta coisa injusta, poderia? Suarez era, bem no fim das contas, um rapaz brilhante, um dos melhores de sua área. Colega leal, parceiro valoroso. Devo-lhe certa gratidão: ao tempo em que seu chefe imediato era Santini, ele me trazia informações preciosas (tanto mais preciosas por não serem verdadeiras) sobre meu rival. Sim, grande Suarez! Não sei por onde andará hoje, mas é certo que tem um belo futuro pela frente. Teria sido o homem certo para visitar, ao lado de Eollo, nossa linha de produção chinesa. Suarez até mereceria ser o primeiro a saber o que, afinal, fabricaríamos lá.

Meu amigo Francisco tinha a sorte de conhecer bem seu produto. Com a vantagem adicional do produto ser à prova de obsolescência: quando chegar à idade adulta — ou já na adolescência, contra todas as leis que inutilmente buscam coibir o consumo de álcool nessa fase —, Zezinho, o neto do Souza que tão precocemente já domina o touchscreen, beberá cerveja. Os bons números de venda regularmente obtidos por Francisco chamaram a atenção de seus superiores, que afinal descobriram as qualificações do meu amigo. Seguiram-se entrevistas, sondagens, avaliações e reavaliações, e então veio a oferta internacional: diretor de operações de uma cervejaria no Meio-Oeste americano. Uma área pequena, mas "estratégica", com "imenso potencial para crescimento", dizia Francisco (não era conversa vazia: menos de um ano depois, ele já era alçado a uma nova posição na Costa Oeste).

— Quando você vai para os Estados Unidos? — perguntou Jorge.

— Finzinho de maio. Eu não ia perder o teu casamento por nada.

Foi na primeira reunião depois da retirada de Fábio que Francisco nos deu a notícia. Brindamos, brincamos, rimos. Esquecemos os exercícios de Teufelsdröckh para dedicar a noite apenas à conversa. Fizemos piada sobre o grotão para onde Francisco estava indo: "Vai virar *redneck*!". O encontro foi na minha casa, e Francisco, talvez por deferência ao anfitrião, lá pelas tantas resolveu dividir as atenções que estava recebendo. Perguntou como iam as coisas no meu trabalho.

— Bom, você vai pro Kansas e eu vou pra China — me vi respondendo.

Surpresa geral.

— China? Como assim?

— Calma, amigos, não é em definitivo, só uma visita de inspeção à fábrica que vai fazer o novo Produto.

Mais brindes, brincadeiras, piadas.

Era uma mentirinha sem consequências, uma bravata até bem modesta, se é que bravatas podem ser modestas.

Eollo escolheria Suarez ou outro bajulador para acompanhá-lo, mas meus amigos não precisariam saber que fui preterido. Em tempo, eu inventaria uma dificuldade intransponível que na última hora barraria a viagem. Problemas para conseguir o visto, por exemplo.

Mas no fim da noite, depois das despedidas, eu tinha na boca o sabor rançoso do fracasso. O sucesso de um amigo, que deveria me alegrar, me levara a mentir! Estamos todos sempre no lugar merecido, ensinava Teufelsdröckh. Eu já não gostava do lugar que me fora reservado.

Não gritei. Grunhi e bufei e praguejei, entre dentes, mas não gritei. Caí dobrado ao chão, mas não gritei.

Estávamos na cama, no quarto de Helena, e essas duas circunstâncias eram excepcionais: quase sempre, usávamos o meu apartamento — e qualquer lugar do meu apartamento, menos a cama: mesa do escritório, chão da cozinha, tapete da sala. Tudo dependia de onde eu conseguisse deter, derrubar, dominar Helena. "Não vou te dar mole", ela dizia, e essas palavras — tão inapropriadas para a ocasião, se tomadas ao pé da letra — disparavam uma descarga elétrica no meu sistema nervoso. Ou pelo menos era assim no início. Comecei a enjoar dos joguinhos de Helena na noite em que paramos na minha sacada e meu ímpeto foi, digamos, arrefecido pela preocupação com o que o severo judeu ortodoxo do apartamento de baixo e a família católica não praticante do apartamento ao lado poderiam ouvir. Desculpei-me com a dignidade possível, sem recurso à costumeira mentira do "nunca aconteceu comigo antes", e com a esperança de não ser ouvido pela jovem solteira e provavelmente não religiosa que morava sozinha no apartamento de cima.

A humilhação despertou de vez uma sensação até ali vaga e fugaz que vinha me afligindo: um incômodo, um desconforto, um cansaço com — estou tateando as palavras, pois nunca escrevi sobre matéria íntima — o *processo* que Helena e eu vínhamos repetindo desde que ela ficara mais à vontade comigo. Um voyeur depravado que acompanhasse nossos encontros por uma câmera escondida, fatalmente me atribuiria o papel do vilão, do dominador, do agressor. Eu perseguia, Helena fugia. Helena se debatia com desespero, eu a segurava com força. Eu, o caçador; ela, a presa. Desconfio, porém, que o fato fundamental de minha relação com Helena escaparia ao olhar desse observador externo: era ela quem exigia toda vez e de novo e sempre o mesmo teatro.

(A pedagogia erótica de nossa higiênica e ingênua Era do Consentimento Verbal reza que tais desacordos podem tranquilamente ser dirimidos pela mágica do *diálogo*. De mãos dadas com a minha parceira, eu, como homem sensível, candidamente falaria do meu desconforto e humildemente pediria uma mudança na rotina, desde que ela, como mulher autossuficiente, não se sentisse ameaçada em sua independência. Mas não me vejo fazendo isso.)

Menos de uma semana depois, lá estava eu de volta ao jogo, no espaço mais constrito do quarto de Helena. Eu tinha colocado na cabeça a obstinada ideia de fazer as coisas do meu jeito, ainda que aderindo mais uma vez ao capricho imutável de Helena. Quis forçá-la a um novo jogo, uma coisinha diferente. Eu segurava seu tornozelo esquerdo para virá-la na cama quando ela tentou me empurrar com o pé livre. Como seu rosto já não estava voltado para mim, Helena, às cegas, acertou-me onde não queria, ou não devia.

Grunhi, bufei etc. Não gritei. Helena pedia desculpas,

me abraçava, me beijava o rosto, os braços, pedia para ver a parte contundida, que eu cobria com as mãos crispadas. Ofereceu uma bolsa de gelo, e eu consegui rir dessa oferta. Rimos juntos, e deitamos para descansar, e ainda me recuperei para uma nova tentativa — sem perseguição, sem luta, sem "não vou te dar mole".

Acabou sendo uma noite agradável — mas da noite sempre esperamos que seja mais que agradável. Meu dilema impossível: o sexo sem o fetiche não me satisfazia, mas sexo com o fetiche me cansava. Antes de Helena, eu nunca conhecera a natureza imperial do fetichista. Fetiche, para mim, significava apenas uma coisinha diferente. Ocorre que há uma incompatibilidade fundamental entre o apreciador de uma coisinha diferente vez ou outra e o verdadeiro fetichista, que deseja a mesma coisinha diferente repetida a cada novo encontro sexual.

Se Helena quisesse mesmo resistir a meus avanços predatórios, eu conseguiria vencê-la? A força física contava a meu favor, mas ela tinha mais técnica. Helena praticava defesa pessoal e artes marciais desde a adolescência; naquele ano de 2013, começara a aprender krav maga (o que era inusitado, considerando-se as simpatias dela pela causa palestina). Hoje até me pergunto se o chute que levei no delicado centro de minha masculinidade foi mesmo tão acidental quanto eu supus então. Não afirmo que Helena desejasse me machucar, mas talvez seus instintos de lutadora tenham movido o mimoso pezinho em seu golpe brutal. Mas só vim a saber do treinamento bélico de minha parceira tempos depois, na mais inusitada das ocasiões: a festa de casamento de Jorge e Ângela.

Helena já conhecia os noivos. Saíramos para jantar com o casal duas vezes antes do casamento, e as duas mulheres deram-se muito bem: Ângela, que fazia doutorado em antropologia na USP, já havia assistido a uma palestra de Helena sobre Guimarães Rosa e transexualidade. Eu ainda não apresentara Helena aos outros dois membros do meu círculo esotérico, e por boas razões. Francisco não levantaria antagonismos perigosos: seu interesse por política era na verdade bem limitado, e ele só se exaltava em discussões sobre o tema quando na companhia e sob influência de Juliano. Mas, imaginava eu, qualquer conversa entre Helena e Juliano acabaria degenerando em uma bizantina disputa sobre os respectivos méritos e crimes de capitalismo e socialismo (curiosamente, temas que jamais entraram nas especulações angelicais dos tão malfalados teólogos de Bizâncio).

Na igreja São Luís Gonzaga, Juliano e sua mulher, Ana, chegaram depois de nós, Helena e eu, e fizeram questão de sentar no nosso banco. Apresentações feitas, a conversa inicial centrou-se no evento do dia. Nunca víramos Jorge de terno antes, e por isso comentamos jocosamente o nervosismo elegante do noivo, à espera da amada junto ao altar. Juliano, o cruzado católico, não demonstrava grande veneração pelo sacramento do matrimônio: só queria saber das festividades que se sucederiam à cerimônia.

— Vai ser um festão, um festão! — prelibava, guloso.

— O bufê é do Fasano.

Uma ruga de reprovação cruzou a testa de Helena — pois a esquerda acadêmica é, a seu modo muito particular, uma casta aristocrática: não perdoa a vulgaridade do nouveau riche. O quarteto de cordas atacou a marcha de Mendelssohn, sinal de que a noiva fazia sua entrada. Fizemos respeitoso silêncio durante a cerimônia, depois da qual cada um tomou seu carro em direção à festa.

Foi um prazer entrar no salão de braço dado com Helena em seu vestido acinturado, o colar com uma simples esmeralda, herança de uma avó, insinuando-se no decote, os cabelos arranjados em um coque calculadamente assimétrico, deixando totalmente exposta a extensão nívea do pescoço que eu tanto admirara quando a conheci no aniversário de Fábio. No coquetel, percebi olhares masculinos voltando-se para admirar Helena e para em seguida avaliar, com inveja e veneno, o homem que a acompanhava. Sou sete anos mais velho, e ela aparentava ser bem mais jovem do que de fato era.

No jantar, fomos sentados na companhia de um casal septuagenário. A mulher, mirrada e discreta, às vezes puxava a manga do marido corpulento e calvo, que nos entreteve durante três pratos e sobremesa com as histórias mais escabrosas da família da noiva. Metódico em sua maledicência, ele começou no final do século XIX, pelo fundador do banco e iniciador da fortuna que agora pagava os serviços de bufê da Casa Fasano. A primeira mulher do grande patriarca tinha origens obscuras e morrera de sífilis; o filho mais velho era homossexual — "pederasta" foi a palavra que nosso companheiro de mesa usou, certamente para adequar o vocabulário ao tempo dos eventos narrados — e morrera em uma casa de alienados na qual o pai o mandara internar à força. A continuidade da instituição financeira ficou a cargo do genro, casado com a filha mais jovem, a qual herdara o espírito livre e impetuoso da mãe: nenhuma foto restou de seu primogênito, morto de tifo ainda criança, mas corre na família que sua compleição morena viera de um contínuo do banco. As histórias das primeiras gerações adequavam-se todas àquela observação tão vitoriana do *Manifesto Comunista*, segundo a qual os burgueses, não contentes em fazer uso das filhas dos proletários, estavam sempre propensos a cornearem-se uns aos outros. Mal fora ultrapassada a República Velha, pederastas em camisa de força e bastardos mulatos cederam lugar a empresários cavilosos e ministros de Estado venais, todos associados ao banco e seus sucessivos titulares, que herdaram a ambição pecuniária mas não a rigidez moral do fundador. Quando a narrativa chegou a generais governantes e barões da imprensa, temi que Helena fizesse algum comentário impróprio, mas ela dispensou à tagarelice do velho senhor apenas uma atenção distante, discreta, embora simpática. O fofoqueiro talvez tenha intuído as inclinações ideológicas de minha companheira, pois, enquanto comia sua fatia de melão — a esposa que regulava seu consumo de champanhe também lhe proibiu o tiramisu —, ele piscou o olho para Helena e se saiu com o lugar-comum brechtiano:

— O que é roubar um banco comparado a fundar um banco?

Veio a convencional valsa dos noivos, e depois dançamos, Helena e eu, ao som do bate-estaca de um DJ da moda, e nos misturamos aos convidados; na animação geral e entre os vários ambientes da festa, nos perdemos um do outro. Quando fui buscá-la, encontrei-a em pé, com uma taça de Cristal na mão — conversando com Juliano. Ali perto, Ângela, na função de anfitriã que precisa dividir sua atenção entre diferentes rodas de convidados, conversava com Francisco e Elaine. Ana estava sentada a uma mesa, sozinha, com a taça vazia e os olhos perdidos de quem busca o garçom. O burburinho da sala misturava-se à música eletrônica do salão ao lado, mas de longe percebi a exaltação de Juliano. Ouvi, enquanto me aproximava, que ele dizia alguma coisa sobre *feminismo radical*. Em um ano acidentado e nem sempre auspicioso, aquela foi minha maior sorte: cheguei no momento exato para ouvir Juliano pronunciar a frase fatal.

— Não é politicamente correto dizer isso, mas o fato é o seguinte: uma mulher decente tem menos chance de ser estuprada.

Mal vi a ação do punho de Helena: em um momento Juliano estava com a boca aberta, pronto para continuar sua peroração patriarcal, e no segundo seguinte gemia, com a mão cobrindo o nariz, o sangue escorrendo profusamente entre os dedos. Ana despertou do torpor borbulhante do champanhe para acudir o marido. Fim de festa, pensei. Caí em desgraça social! Então ouvi a risada às minhas costas: em seu vestido com detalhes de renda nordestina sutilmente adornados por cristais Swarovski, Ângela dobrava-se em uma gargalhada que de imediato contagiou Elaine, e até Francisco. Ana e três garçons alarmados conduziam Juliano para a cozinha, onde um guardanapo com gelo estancaria a hemorragia e evitaria o inchaço nasal, e nós ríamos. Todos nós, menos Helena: ela tentava se desculpar com uma noiva que não desejava desculpas, que ganhara naquele momento o melhor presente da festa.

— Estou fazendo krav maga na academia — me contou Helena, no carro, depois da festa.

— Que técnica impecável — elogiei. — Um soco preciso na fuça, sem derramar o champanhe que estava na outra mão.

Fábio me evitou ao longo da festa (inaceitável inversão da ordem natural das coisas: em qualquer situação social, deveria ser sempre *eu* a evitá-lo). Trocamos um cumprimento rápido durante o coquetel, não o abraço caloroso de irmãos, mas o aperto de mão de conhecidos que não estão muito certos do nome um do outro.

— A cerimônia foi muito bonita — disse Fábio.

Respondi com uma banalidade do mesmo quilate, e nos despedimos. Imaginei que Fábio me tratava com distanciamento porque ainda guardava mágoa do episódio indígena no Círculo da Blasfêmia. Foi só quando nos afastamos que notei a mulher que estivera silenciosamente ao lado dele, a mulher a quem eu não fora apresentado. Cabelo liso, longo, negro, sedoso; óculos de estreitas lentes retangulares e aro roxo; tatuagens florais no ombro que o vestido azul deixava nu; a pele bronzeada e fresca e jovem, muito jovem, jovem demais para Fábio. A mulher ao lado do meu irmão não estava por acaso ao lado do meu irmão: andava de braço dado com ele.

Chamava-se Mariana e era aluna do segundo ano de letras, me informou Helena. Quis perguntar por que Helena não me falara do caso antes, e quis saber tudo sobre a estudante de letras, mas fiquei quieto, temeroso de que tais demonstrações de interesse pela outra despertassem o monstro verde e feio do ciúme. Helena, no entanto, jamais se mostrara ciumenta: era eu que projetava sobre ela meu monstro familiar. A quase adolescente que Fábio levava a tiracolo pela festa reavivara a inveja fraternal que eu julgava superada. Por sorte, Helena estava ali para me salvar de qualquer recaída em inseguranças infantis: embora duas décadas mais velha que Mariana, meu par na festa magnetizava mais olhares masculinos.

Na semana seguinte, Fábio me convidou para almoçar (novas inversões da ordem natural das coisas: fomos a um restaurante sugerido por ele, e que eu não conhecia ainda). Atrapalhou-se um pouco ao pedir desculpas por não ter me apresentado a Mariana: era tudo muito recente, ele mal começara o processo do divórcio, e lá na festa, a festa de Jorge e Ângela, não era o momento, Mariana podia se sentir desconfortável, a noite era de Jorge e Ângela, a ocasião era festiva, não era o momento, não era o momento, não era.

— Sim — concordei. — Não se deve nunca roubar a atenção dos noivos. Nem com o mínimo gesto — acrescentei, fingindo um soco no meu próprio nariz.

Rimos. Fábio relaxou, e nunca o vi tão falante. Ele constatava que podia falar de seu amor maduro sem suscitar nem a rara reprovação nem o regular sarcasmo do irmão primogênito, e agora já não queria falar de outra coisa. Elogiou a inteligência de Mariana, e esmiuçou as origens mineiras da família de Mariana, e insinuou uma coisa ou duas sobre os dotes sexuais de Mariana. Nada disse, porém, das circunstâncias em que a conhecera, das quais eu já sabia, por Helena. Mariana era aluna de Fábio. Atenção para o tempo verbal imperfeito: Mariana *era* aluna de meu irmão naquele mesmo primeiro semestre de 2013 em que Fábio foi de braço dado com ela a um dos eventos sociais mais comentados de São Paulo. Estava cursando ecocrítica, a disciplina optativa que meu irmão instituiu no Departamento de Letras da usp. Seu desempenho na matéria seria avaliado pelo professor-amante que tinha idade para ser seu avô.

Escrevo isso e quase não me reconheço no tom moralizante. Quem sou eu para censurar professores que levam alunas para a cama? Em minha vida profissional, passei por todas as estações da cafajestagem. Ainda estava casado quando levei uma secretária a um motel (era secretária de outro diretor e só trabalhava para mim quando cobria as férias da minha própria secretária gordinha e sem atrativos; não sei se essa circunstância é agravante ou atenuante). Naturalmente, houve estagiárias, mais de uma, e outras tantas subordinadas. A última delas, em meu emprego ‿nterior, era inepta no horário do expediente mas excepcional nas horas extras — o que, na média, lhe valeu uma promoção. Este sou eu. Fábio, meu irmão mais jovem, deveria ser outro homem. Não digo melhor, mas outro.

Eu não encontrava mais esse outro homem no sujeito que, à minha frente na mesa coberta com uma toalha quadriculada para remedar uma cantina do Bexiga (estávamos nos Jardins), escolhia o melhor vinho para acompanhar sua massa com ragu de cordeiro. Mal conseguia diferenciá-lo dos falastrões do priapismo com quem convivi em todo escritório onde já trabalhei. Fábio soava como

Eollo, descontado o jargão corporativo. Se nem na adolescência trocávamos confidências de alcova, por que agora meu irmão caçula julgava apropriado exaltar a destreza de Mariana na felação? Mariana que ainda não vivia quando se promulgou a Constituição, que mal deixara as fraldas quando surgiram a nova moeda corrente e o plano econômico de mesmo nome, que brincava de bonecas quando plano e país começaram a fazer água, que terá tido sua primeira menstruação pouco antes ou depois do partido que ainda hoje governa o Brasil ter ascendido ao poder — era essa a garota que tomava o lugar de uma mulher que sempre teve uma opinião adulta (ainda que equivocada) sobre cada um desses eventos históricos, e sobre como a imprensa burguesa os distorceu e manipulou? Rita, pobre Rita! Sempre tão pronta a questionar o discurso machista subjacente às telenovelas da Globo e agora relegada à mais aviltante das condições impostas pela sociedade patriarcal: a condição de Mulher Abandonada.

— Mas, Fábio, e a Rita? Como ela fica?

Eu precisava fazer essa pergunta. Era — perdoe-se a afirmação grandiloquente — um imperativo moral. Rita tinha de ser lembrada! Não, nunca houvera proximidade, amizade, sequer simpatia mútua entre mim e minha ex-cunhada. Nem por isso eu poderia aceitar que meu irmão falasse muito de passagem e muito vagamente em uma *separação* sem enunciar o nome da companheira de quem estava se separando. Rita, o nome é Rita! Rita, pobre Rita: imagino sua alegria se tivesse visto o nariz reacionário de Juliano esmagado pelo punho vingador de Helena! Uma alegria que lhe foi roubada pela estudante arrivista... Rita, se acaso estiver lendo estas páginas, saiba que eu, traindo meu sexo e meu sangue, fui seu vingador no almoço com Fábio.

Ou tentei ser.

Fábio não se abalou.

— Nossa relação já andava em crise — disse.

Falou do divórcio como se este fosse um acerto tranquilo e civilizado entre um casal de antigos companheiros que de comum acordo concluíram ser chegada a hora de cada um tomar o próprio caminho. É a mentira contada por todo homem que larga a esposa de anos para pegar (o verbo é vulgar mas exato) um rabo de saia pós-pubescente.

... e de novo começo a soar como uma madre superiora, uma senhora de alguma liga feminina pelos bons costumes, como uma militante *radfem*. Pois chega do divórcio, da professora de comunicação social e da estudante de ecocrítica. Fábio me trouxe mais novidades naquele dia, quando já estávamos na sobremesa (ambos escolhemos frugais fatias de abacaxi com raspas de limão). Ele estava em negociações com uma empresa do Vale do Silício chamada Green Witch, misto de consultoria tecnológica com *think tank* devotado a causas ambientais. O fundador era James Greenleaf, um astrônomo americano que deixara sua área de especialização para tentar a sorte na nova economia (o trocadilho que dava nome a sua empresa aludia a seu próprio sobrenome, ao famoso observatório inglês e a um certo paganismo Wicca popular entre os novos verdes). Greenleaf fizera seu primeiro bilhão aos trinta e poucos anos, vendendo uma startup para o Google. Sem saber muito bem o que fazer de sua vida a partir de então, partiu para férias prolongadas em regiões extremas do globo, começando pelo Ártico. Foi em um resort rústico de luxo (sim, rústico e de luxo) no Quênia que ele teve a epifania: sua missão a partir de então seria salvar o frágil planeta que lhe fora tão generoso.

O improvável encontro com um professor de literatura brasileiro se deu quando o magnata filantropo topou com um artigo de Fábio publicado na revista de humanidades da universidade onde estudara. Era uma análise crítica dos padrões de discurso heteronormativos na narrativa jornalística sobre geleiras do Ártico afetadas pelo aquecimento global. Ou algo parecido — não prestei atenção nessa parte da história. Enfim, do único trabalho publicado por meu irmão em língua inglesa, resultou que o então recém-aberto escritório brasileiro da Green Witch fizera contato com Fábio no final de 2012. Em janeiro, Fábio acompanhou Greenleaf em uma excursão pelo Pantanal (Rita não foi junto: casamento em crise etc.), e os dois parecem ter se dado muito bem ("Você não imagina a surpresa: James é leitor de Teufelsdröckh"). E agora Fábio pesava as alternativas: a medíocre estabilidade da USP ou a incerteza de uma aventura muito bem remunerada em uma empresa ponta-de-lança de tecnologia ambiental. Estou parafraseando de forma muito livre o que ele me disse enquanto tomávamos o cafezinho. Fábio definitivamente não usou a palavra "medíocre" ao formular seu premente dilema profissional, mas o modo seguro como ele tomou a conta logo que o garçom a pôs sobre a mesa indicava que sua escolha já estava feita.

Dirigindo do restaurante para o trabalho, fui novamente assolado pelo monstrinho feioso dos ressentimentos de infância. Recordei a preocupação que nosso pai, funcionário em uma prefeitura do interior de São Paulo, expressou quando soube que seu caçula faria vestibular para letras. Então vai ser professor de língua portuguesa, com o salário miserável que pagam nas escolas? O velho nunca precisou se preocupar com o primogênito, que já no segundo ano de FGV conseguiu um estágio remunerado. Mas eu vim acabar minha carreira em uma empresa que ainda discutia o lançamento de um novo Produto — um prosaico objeto físico que seria montado por operários chineses cujo baixo custo trabalhista, garantia Niquil, compensaria com folga despesas de transporte e taxas de importação. O negócio da Green Witch, se entendi direito, seriam impalpáveis, fantasmáticas *pegadas de carbono*. Eu até cogitara perguntar a Fábio como se fazia dinheiro com isso. Duvido que ele conseguisse me dar uma explicação precisa. Mas eu estava em desvantagem: se meu irmão perguntasse qual era o Produto que minha empresa se preparava para lançar em poucos meses, tampouco eu teria resposta.

Por coincidência, a possibilidade de uma resposta acenou para mim logo que cheguei ao escritório. A secretária de Eollo veio me trazer a passagem para Pequim e instruções para providenciar o visto. O que eu dissera a meus amigos sobre a viagem à China não era mentira, afinal: fora eu o escolhido para, no início de junho, integrar o pequeno comitê que visitaria a fábrica do novo Produto.

Interrompo o andamento natural dos eventos para contar um fato mais recente. No início do ano — o ano em que escrevo, 2014 —, encontrei Rita na entrada do cinema. Foi ela que me abordou, de um modo efusivo que não correspondia a nossa relação passada. Apresentou-me a um homem calvo cuja barriga era volumosa demais para sua polo Lacoste — na natureza, não se encontram jacarés tão gordos. Rita perguntou por Fábio com uma casualidade que nada tinha de casual.

— Vai bem — respondi, vago.

Por um momento, tive a tentação de dizer que ele estava em San Francisco, a trabalho, e que levara Mariana junto. (Uma meia mentira: a viagem estava programada para dali a duas semanas.)

Por graça dos ingressos com lugar marcado, nos separamos na sala de exibição. Reencontrei o casal (eu estava só) na saída. Comentamos brevemente o filme (era *Ninfomaníaca*) e nos despedimos. Rita, desconfio, esperava que eu falasse desse encontro a Fábio. Não o fiz.

Não vinguei Rita, afinal.

De volta ao ano que passou.

Eu vi um chinês cuspir na Grande Muralha. Foi no nosso quarto dia de viagem, quando, já fechada quase toda a agenda de negócios — pouco exigente, aliás —, fomos conhecer os pontos célebres do país. Andávamos em cima do monumento que vinha estampado no meu visto chinês, contemplando os séculos com reverência turística, quando um velho muito magro e enrugado fez um ruído rascante e puxou da garganta uma bola de secreção amarela que explodiu a poucos centímetros de seu próprio pé. O país é imenso; o sujeito decerto vinha de alguma província distante e seria tão turista quanto eu. Mas a cusparada me chocou. Foi como ver um italiano mijando em um canto da Capela Sistina (o paralelo é imperfeito e grosseiro, mas não consigo pensar em outro, então fica assim mesmo). Nosso motorista, que acompanhou todos os passeios, falou qualquer coisa ríspida para seu compatriota expectorante, que baixou a cabeça e depois nos fez umas mesuras curtas e nervosas, balbuciando repetidamente o que supus ser um pedido de desculpas.

— *No problem, no problem* — respondi, mas o velho não sabia inglês. Eollo riu.

Riu o tempo todo nos dias chineses. Os dois executivos (ou funcionários do governo, ou ambas as coisas) que nos acompanharam de Pequim até a província onde ficavam as instalações da nova fábrica passaram toda a viagem — seis horas de estrada, em uma van devidamente equipada com frigobar — contando piadas muito ruins em inglês ainda pior, e Eollo gargalhava. Elogiava a "boceta oblíqua" da garota de programa cujos serviços utilizara na noite anterior, e os dois chineses não pareciam ofendidos pela tirada racista (talvez não a tenham entendido: Eollo já vinha antecipando a tal boceta oblíqua desde Guarulhos, mas não consigo lembrar como ele traduziu a delicada expressão para o inglês). Se interessa saber, eu também dormi com uma prostituta. Tal como a excursão para a Muralha, poucos dias depois, a trepada fazia parte do grande pacote de ofertas de nossos parceiros, e eu não conhecia os costumes nativos — recusá-la poderia ser interpretado como uma grosseria latina. Lembro que me cruzou pela cabeça uma preocupação fútil: *e se a puta tiver alguma doença — dá para confiar na camisinha chinesa?* Em seguida me dei conta de que, no Brasil, na Europa, nos Estados Unidos, eu jamais me perguntara sobre a procedência dos preservativos, que bem poderiam ser fabricados na China. A experiência foi prazerosa, como costuma ser o sexo com profissionais em qualquer quadrante do planeta, mas de modo algum memorável. A boceta oblíqua nunca me despertou curiosidade. Não tenho fetiches étnicos.

Raimundo Niquil era o terceiro homem da pequena comitiva brasileira (aliás, o segundo — o terceiro era eu). Com aquela opaca seriedade que o fazia parecer tão mais velho do que de fato era, falou, durante a viagem, apenas de sua especialidade. Recursos humanos, afinal, são notoriamente abundantes naquele país de mais de um bilhão de almas. Niquil perguntou sobre o número de operários que se ocupariam de nossa linha de montagem, e um dos chineses — o mais jovem da dupla, com um sorriso idiotizado de dentes escurecidos — mostrou os cinco dedos da mão.

— *Five* — disse, mas não consegui discernir se a palavra seguinte era "hundred" ou "thousand".

— *Astonishing!* — respondeu Eollo, erguendo seu copo (havia uma garrafa de Old Pulteney 21 anos na van, bom uísque que eu nunca provara antes).

Niquil não demonstrou o mesmo entusiasmo, mas anotou o número em seu diligente iPad. Seguiu perguntando sobre turnos de trabalho, qualificação dos operários, direitos trabalhistas. O rapaz dos dentes ruins respondia de forma muito rudimentar; seu companheiro, um sujeito de meia-idade cuja proeminente barriga desejava arrebentar o botão do terno que ele nunca lembrava de abrir ao sentar, corrigia uma ou outra informação. "*Amazing!*", exclamava Eollo, e Niquil digitava na tela do iPad. Não sei por que ele queria saber de tudo aquilo: o objetivo do *outsourcing* não seria justamente deixar para outro empregador todas as complicações humanas? Notei que o motorista, de tempos em tempos, nos espiava pelo retrovisor.

Eollo tem uma qualidade fundamental para o sucesso corporativo: sabe beber. Se não erro as contas, ele esteve, ao longo da viagem, sempre uma dose atrás de mim, o que é uma marca muito respeitável. Sua voz manteve-se firme, e seu passo, quando afinal descemos da van, era decidido, reto, objetivo. Mas o *single malt* é o maior responsável pela atitude que Eollo tomou logo que chegamos à localidade

— cujo nome nunca aprendi a pronunciar ou escrever — onde estava instalada nossa linha de produção: fez questão de visitar a fábrica de imediato, embora já fosse noite. Ah, o senso de dever dos bêbados!

Nossos gentis anfitriões balançaram as cabeças alarmadas:

— *No, no, no, better tomorrow, better tomorrow.*

Mas Eollo não se deixou demover:

— *Today, now, we're here to do business.*

Foi o único momento da excursão chinesa em que vi Eollo *negociar* algo. A coisa toda terá durado alguns minutos, sem avanços nem recuos de nenhuma das partes: vamos hoje — não, melhor amanhã — hoje — amanhã. E então a voz do motorista se fez ouvir pela primeira vez. Informava que a fábrica ficava logo na entrada da cidade, e que portanto seria apenas um pequeno desvio no caminho para nosso hotel, e não custaria nada visitá-la de imediato, e, de resto, todas as chaves das instalações estavam no porta-luvas do carro. Afora algumas perguntas de Niquil, aquelas foram as frases mais elaboradas e claras pronunciadas dentro da van. Notava-se a dificuldade peculiarmente oriental na pronúncia de certas consoantes, mas a construção gramatical foi irrepreensível; não faltaram nem aquelas expressões idiomáticas que demonstram certa familiaridade com a língua, como *"we might as well"*. Não, nosso motorista não pertencia à bruta massa proletária de Mao Tsé-tung. E os dois altos executivos que nos acompanhavam entenderam claramente o inglês daquele homem que deveria ser apenas um serviçal: de imediato, acederam a suas instruções. Não seria problema, afinal, visitar a linha de produção já naquela noite.

Na verdade, havia, sim, um problema: encontramos as

dependências administrativas da fábrica vazias e iluminadas, mas a linha de produção ainda não contava com instalações elétricas (ou talvez nossos cicerones alcoolizados não tenham conseguido localizar os disjuntores). Guiados pela insuficiente luz de nossos celulares, percorremos um enorme galpão escuro, em meio à massa negra do maquinário. Foi, para mim, uma experiência surreal. Vi-me obrigado a participar de uma conversa truncada sobre custos e prazos de produção, sem ter a mínima ideia do que seria produzido ali. E, obviamente, não poderia denunciar minha absurda ignorância diante dos anfitriões chineses.

A certa altura, meti disfarçadamente a mão em uma bandeja metálica que encontrei sobre uma bancada de trabalho. Estava cheia do que pareciam ser moedinhas. Peguei duas e as meti no bolso. Eu as carrego na carteira até hoje, como talismãs. Pouco depois, quando me acomodava no quarto de hotel, examinei o produto de meu furto, sem que isso tivesse me dado uma pista sobre a natureza do Produto. Eram duas pequenas pastilhas, cada uma marcada com uma letra diferente, em uma das faces. Um J e um T.

No restaurante do hotel, bebendo um último uísque enquanto aguardávamos os chineses descerem para o jantar, Eollo me falou dos planos para o lançamento publicitário do Produto, ainda sem esclarecer do que se tratava. A princípio, me limitei aos comentários possíveis a quem seguia *no escuro* — expressão que se tornara literal depois da visita à fábrica — sobre o que, afinal, os trabalhadores chineses montariam para os consumidores brasileiros. A doce salinidade do uísque destilado próximo ao mar do Norte, porém, já baixava minhas reservas e cautelas.

— Para ser inovador — Eollo disse lá pelas tantas —, às vezes é preciso ir contra a inovação.

E meu discernimento, anuviado pelas brumas escocesas, julgou ter reconhecido nesse paradoxo fácil uma ideia que Teufelsdröckh defende em *Power of Powers*.

— Sim, isso é genial — respondi.

E eu ainda repeti o adjetivo: "genial".

A lisonja desmesurada escapou a Eollo, como sempre enlevado pelo próprio discurso, mas Niquil olhou para mim com a mesma intensidade perscrutadora com que um dia examinara Roberto Suarez, o bajulador que gostava de repetir frases feitas do chefe. Nossos anfitriões chegaram nesse exato instante, barulhentos, efusivos, e me salvaram do julgamento silencioso.

Pedimos um pato laqueado para o jantar. Eollo resolveu beber um vinho local, tinha ouvido que, com a consultoria de enólogos franceses, o terroir chinês andava produzindo maravilhas. Orientou o garçom para que trouxesse também um balde de gelo; a noite estava quente e seria recomendável resfriar o vinho.

— *I know, I know* — respondeu o garçom, lacônico, como se aquelas instruções tão óbvias fossem uma ofensa à sua competência profissional.

Ele voltou pouco depois com o balde de gelo e a garrafa de tinto, cuja rolha extraiu com visível dificuldade. Eollo, com gentileza inaudita, disse que ele poderia deixar a garrafa no balde, que nós mesmos nos serviríamos quando o vinho se resfriasse, mas o garçom não o ouviu — uma vez vencida a resistência heroica da cortiça, ele simplesmente entornou todo o conteúdo da garrafa dentro do balde.

Ao meu lado, o chinês jovem de dentes escuros soltou um longo e consternado "ooooh" e baixou a cabeça, como quem se penitencia por uma vergonha nacional. O motorista surgiu de alguma mesa próxima para repreender a inépcia do garçom com toda a aspereza de que o mandarim é capaz.

— Não foi nada, não foi nada — dizia Eollo, esquecido de que motorista e garçom não sabiam português.

O garçom foi correndo buscar outra garrafa, e Eollo caiu na gargalhada.

Não ri. Minha vergonha fora maior que a do garçom.

Do meu quarto no décimo sexto andar do hotel, podia-se abarcar a cidade toda de uma visada só. As linhas da iluminação pública morriam na metade da encosta próxima, por onde passava a estrada que nos conduziria a nosso périplo turístico. Um hóspede mais metódico poderia contar as quadras em sua monótona geometria de cidade planejada — não seriam, creio, mais que quarenta. Uma cidade pequena, erguida em poucos meses para abrigar os operários do novo parque industrial que atenderia demandas sazonais de economias emergentes. Minha insônia não contabilizou o número de residências, mas descobriu sem grande esforço quantas pessoas já viviam nessa nova utopia do capitalismo estatal: zero. As luzes de todas as casas e de todos os prédios ficaram todas acesas, a noite toda. Nenhuma janela apagou-se no meio da madrugada, e em nenhuma delas se via o colorido bruxuleante de um aparelho de TV ligado. Temos de admirar a China: um monumental desperdício energético só para impressionar três representantes de uma empresa quase insolvente de um país idem.

De manhã, saí para correr. Em São Paulo, meu percurso regular se dá em torno da praça Buenos Aires, ou, nos fins de semana, no Minhocão. Eu imaginara que seria prazeroso correr por uma cidade deserta, nenhum pedestre

83

ou carro à vista. Foi, ao contrário, uma experiência sinistra. Não me assombrou o medo trivial de topar com fantasmas ao dobrar a esquina, mas o temor de ser eu mesmo um fantasma.

Descendo a alameda em curva que saía do hotel e atravessando ruas retas com suas casas padronizadas, cheguei até o caixote de vidro escuro que dominava o horizonte — o shopping center. Deveria estar fechado — se os futuros clientes ainda não haviam ocupado os bairros residenciais no entorno, que sentido haveria em um centro de consumo ativo? No entanto, à minha aproximação, portas automáticas abriram-se para amplos corredores iluminados. As grades das lojas estavam todas baixadas, e não se vislumbrava atrás das vitrines nenhum produto, só um ou outro manequim despido, mas os letreiros já estavam no lugar: Apple, Burberry, Chanel, Bulgari, Zara, H&M, Benetton, Levi's, Adidas, Nike, toda marca e grife e logo imagináveis. A disposição de corredores e escadas rolantes me pareceu familiar: era um arremedo do Shopping Eldorado! Já tinha ouvido falar de novas cidades chinesas que copiavam os canais de Amsterdam, ou a Torre Eiffel. Para fazer potenciais investidores brasileiros se sentirem em casa (éramos os primeiros, mas não seríamos os únicos, nem os maiores), bastava copiar um shopping.

Na praça de alimentação, entre um McDonald's e um Burger King implausivelmente próximos, vislumbrei o único estabelecimento aberto em todo o shopping. Niquil, o cauteloso Niquil, não exporia a carranca inchada na cidade fantasma, e Eollo passaria a manhã se exercitando, sozinho, na academia do hotel. Pela primeira vez em minha vida, eu correspondia ao clichê publicitário: era o *cliente exclusivo*. A Starbucks estava aberta apenas para *me* servir, e foi exatamente o que a jovem de rosto redondo, olhos castanhos brilhantes e boca fina aberta em um sorriso perfeito me disse em português carregado de sotaque mas suficientemente claro:

— Em que posso servi-lo, senhor?

A primeira pedra quicou no vidro temperado, em cuja superfície escura deixou apenas um desprezível arranhão, voou perigosamente sobre as cabeças da hoste que cercava a agência bancária e, derrotada, sem quebrar nada nem ferir ninguém, rolou até perto dos meus pés. Eu ouvi o convite da pedra, o chamado irresistível da força destruidora exaltada por Bakunin; pus o pé de apoio à frente e curvei o corpo, braço direito estendido para apanhá-la, para tentar eu mesmo o arremesso que afinal quebraria a vidraça da agência bancária, detonando a inexorável cadeia de eventos que, a confiar na gritaria dos jovens a meu redor, faria ruir todo o opressivo edifício do capital financeiro internacional. Cheguei a agarrá-la, a pedra que nem bem pedra era, pedaço miserável de calçada com restos de cimento duro em uma das faces, fechei a mão a seu redor, senti sua dureza, sua aspereza, mas Helena, aflita, me puxava pelo outro braço, e a ordem da amante é sempre maior que o chamado da causa. Larguei a pedra.

— A coisa está ficando feia — dizia Helena. — Vamos embora.

Quase não a reconheci nessa prudência pequeno-burguesa. Ou talvez só tenha verdadeiramente conhecido Helena então. Um instante definidor, como definidoras devem ser todas as revoluções. O que se definiu em junho? Não me pergunte, não nos pergunte. Ninguém soube, ninguém sabe, ninguém jamais entendeu nada.

À força de muitas pedradas, aquele grupo exaltado afinal conseguiu derrubar os vidros e entrar na agência — por acaso, do mesmo banco com o qual meu bom amigo Jorge havia se casado no mês anterior —, sarrafos e barras de ferro em mãos, para destroçar os caixas eletrônicos. Vi tudo isso à distância, de mãos dadas com Helena, que me apressava para alcançarmos a linha de frente do protesto, a massa que se encaminhava rumo à Consolação, firme no plano de subir até a Paulista. A polícia barrava o caminho.

Mas me adianto.

Na minha memória, é como se o avião que Niquil e eu tomamos em Pequim — Eollo ainda daria uma esticada recreativa (paga pela empresa) em Hong Kong e no Japão — houvesse pousado nas ruas centrais de São Paulo, e eu houvesse me despedido da comissária de bordo chinesa que me chamava de "mistê Ba-bô-çá" e descido as escadas para cair direto nos braços da mocidade anarquista brasileira. Não foi assim. Saí à rua só quatro dias depois do retorno ao Brasil.

Do início, então.

Já havia lido, na China, sobre protestos contra o aumento da tarifa de transporte urbano em São Paulo. Não dei importância à notícia. Tudo por causa de um aumento de irrisórios vinte centavos na passagem do ônibus? Foi Teodora, minha diarista pernambucana, que me deu o primeiro alerta para as repercussões da tal estudantada, na manhã em que, ainda tonto com o jet lag, eu bebia minha segunda xícara de café preto sem açúcar, preparando-me para o retorno ao escritório. Ela veio me contar dos eventos que testemunhara enquanto eu estava em viagem — do dia em que teve dificuldades de voltar para Itaquera porque "uns baderneiros estavam quebrando tudo" e a polícia fechara o acesso à estação de metrô. Dona Teô — como a vizinha que me recomendou seus bons serviços a chamava e como eu mesmo me acostumei a chamá-la — reprovava gente que quebra vitrines e destrói banca de jornal, mas concedia que alguma coisa tinha mesmo de ser feita, que alguém tinha de reclamar, se fazer ouvir, botar a boca no trombone. Até onde posso avaliar de nossos raros e curtos diálogos, dona Teô é uma senhora católica (expressou certa vez seu desapontamento com o filho — ou seria filha? — que frequentava os templos da Universal), moderada em suas opiniões políticas e muito conservadora no terreno moral. Mas subitamente ela expressava uma posição muito similar à de minha filha: *certas formas de violência* talvez fossem aceitáveis.

— A situação em que está este país, seu Alexandre! Tá na hora do povo fazer alguma coisa.

Concordei, e ela foi lavar o chão da cozinha.

(Não sei se essa acusação genérica ao Brasil e sua situação também incluiria o patrão das segundas, quartas e sextas-feiras. Por via das dúvidas, dona Teô ganhou um modesto aumento, em julho; eu acabara de perder o emprego, e quis assim tranquilizá-la de que ela mesma não perderia o seu.)

No escritório, encontrei o esperado: o assédio invejoso dos colegas, com suas perguntas insistentes sobre o que

Niquil e eu víramos na viagem. Eollo felizmente proibira qualquer anúncio antecipado — planejava, para seu retorno, uma apresentação teatral do Produto —, e assim tive uma desculpa razoável para me calar sobre o que, na verdade, eu ainda ignorava. Ah, e o Souza, pobre Souza! Decaíra tanto... Era como se sua verdadeira natureza houvesse atravessado o fino verniz das aparências: o *senhor distinto* dera lugar a um tipo de barba desgrenhada, camisa amarrotada, sem gravata, que se arrastava pelo escritório murmurando em voz roufenha números que já não diziam respeito a nossas atividades correntes. Às vezes, parava na soleira da minha porta, em silêncio, e me lançava um olhar fixo, inquiridor.

— Posso ajudar, Souza? — eu perguntava.

E ele balançava a cabeça e seguia adiante sem dizer nada. Soube bem depois que, durante minha excursão chinesa, Hugo, o filho pródigo, havia rapado até o último centavo da conta bancária paterna. Pior: dessa vez, Luíza, até então a filha responsável, havia abandonado sem aviso o consultório dermatológico para seguir o irmão mais novo até alguma comunidade alternativa perdida no interior do Pará. Arrastou consigo o amado neto do Souza, o menino prodígio que jogava Angry Birds no iPhone do avô. Huguinho, Zezinho e Luizinha fugiram juntos no mesmo disco voador.

Uma única vez, quando pegamos por acaso o mesmo elevador, Souza ousou uma pergunta direta, que eu não compreendi:

— Alexandre, só me diz uma coisa: vai valer a pena?

— Como assim, Souza?

— Isso que nós vamos fazer a partir de agora... Vai valer a pena?

Eu lhe assegurei que o novo Produto tinha grande potencial para reposicionar a empresa no mercado e recuperar nossos passivos, embora não tivesse certeza nenhuma do que dizia. Souza não fez nenhum comentário; quando a porta se abriu, saiu apressado do elevador, sem se despedir. Acho que minha resposta não era o que ele buscava. "Vai valer a pena?" era uma pergunta mais ampla e mais profunda — ou assim me parece agora, à luz do que aconteceria depois.

Ansiava por rever Helena. Uma semana longe dela havia apagado minha contrariedade com a mesmice de seus caprichos, e no céu elétrico do sexo o antigo fetiche voltava a brilhar como uma estrela nova (até imaginava, guloso, que afinal conseguiria submetê-la à posição desejada na noite em que ela me derrubou com o mais doloroso dos chutes). Mas a compensação erótica que salvaria minha semana da miséria foi adiada. Eu chegara ao Brasil muito tarde em uma noite de domingo, e só telefonei para Helena, do trabalho, na segunda-feira — sem sucesso: ela estava em aula. Falamos à noite. Ela dizia que estava com saudade das nossas *brincadeiras* — a infantilidade da palavra

para a quinta-feira.

— Vamos, Alexandre! Só pela farra: garanto que a gente vai se divertir no meio dessa garotada. Eu sei que você não se interessa por política, mas pode acompanhar tudo meio de longe, assim, com um espírito de observação antropológica.

Aquilo foi uma novidade em nossa relação: nunca havíamos saído de mãos dadas pela rua. Em geral, marcávamos encontros em restaurantes, ou sessões de cinema; às vezes, eu passava de carro pelo edifício de Helena e a pegava na porta, e quase sempre terminávamos a noite na minha casa. Mas no meio da tarde daquela quinta-feira foi ela que veio a meu apartamento na rua Alagoas, de onde em meia hora se chegava a pé ao ponto de concentração dos manifestantes, na República. Eu deixara o escritório mais cedo, e ela dispensara suas turmas da noite para que marchassem na pretendida conquista da avenida Paulista. Meu plano era dissuadi-la de sair. Assim, passaríamos o resto da tarde em *brincadeiras* no meu apartamento; depois sairíamos para um restaurante, e então de volta ao apartamento para mais uma sessão lúdica. Na pior das hipóteses, pensei que ela aceitaria um aquecimento antes de partirmos em nossa caminhada militante.

Mas Helena chegou em um estado que eu ainda não conhecia, um entusiasmo incontornável, irrefreável, irresponsável. Queria se juntar logo ao *movimento*, queria *ocupar* as ruas. Tentei vencer pela provocação, lembrando que até pouco tempo atrás ela apoiava o governo contra o qual agora queria protestar.

— Mas não é nada disso, Alexandre! Não seja simplista, meu amor: os protestos não são contra o governo, são contra o poder.

A exasperação de Helena me encantava, me atiçava, me acendia. Estávamos sentados no sofá da sala, e ela me explicava como os protestos vinham somar-se a um contexto maior, a um momento inédito de democratização da vida urbana, de redescoberta da cidadania, e eu me inclinava para beijar seu pescoço, mas ela se esquivava para falar da participação dos jovens — "a juventude, Alexandre, que andava tão alienada, tão apática!", e eu mordiscava sua orelha mas ela já falava de novo na inclusão dos excluídos, eu voltava a atacar o pescoço e ela me empurrava suavemente enquanto explicava que "é tudo parte de um processo, as forças progressistas precisam manter a mobilização" — "sim, Helena", eu disse, "estou totalmente mobilizado", mas ela não me ouvia — "para assegurar novos avanços", e minha mão avançava pelo seu joelho, pelo meio de suas coxas — Helena vestia uma saia marrom, meias bege, uma blusa verde leve —, e ela ainda falava nas forças progressistas e em um país mais justo e igualitário e nos avanços que estávamos fazendo, "grandes avanços, Alexandre, mas ainda falta muito, ainda falta tanto", e eu sussurrava "sim, sim, Helena, avante, sempre em frente", porém, antes que minha mão progressista entrasse por baixo da saia para nos emancipar de toda opressão, Helena se erguia, lépida, ágil, juvenil.

— Então, vamos lá?

Fomos lá, então. De mãos dadas pela rua, inocentes no meio da jovem multidão. Inocentes e excrescentes: as poucas pessoas de nossa idade que vi eram homens de olhar alucinado e barba desgrenhada, camiseta vermelha de algum partido ou movimento que não existia mais e jeans puídos que já teriam participado de protestos contra a ditadura (é claro que eu mesmo havia trocado o terno que usara de manhã por roupas informais, mas, mesmo de jeans e moletom, sentia que minha figura era qualquer coisa de realmente *distinta* ali). "Não é só por vinte centavos", li no cartaz que uma jovem com camiseta do Movimento Passe Livre carregava. Aquele se consagraria como o grande slogan de junho, e muitos atacam a sua ambição imprecisa (e por acaso o "imaginação no poder" do maio de 1968 queria dizer qualquer coisa concreta?). Eu, porém, só podia concordar com nossa palavra de ordem: não saíra às ruas por qualquer troco, mas por Helena.

O que Helena esperava de tudo aquilo era mais difícil de entender. Seus pares acadêmicos não haviam, até aquela data, se unido aos estudantes que berravam contra o aumento da tarifa de ônibus (meu irmão, Fábio, então em seus últimos meses de professor da USP, só participaria dos protestos dias depois). Cruzamos com um casal de alunas dela — uma loira atlética de cabelos e pernas longas e uma negra *petite* de seios redondinhos e piercing na sobrancelha: o tipo de casal que faz homens brancos heterossexuais da minha geração celebrarem o progresso que nossa sociedade tem feito na aceitação dos gays —, e as duas vieram cumprimentar a professora com um entusiasmo um tanto forçado, que traía a surpresa de quem encontra a tia solteirona na balada.

Helena imaginava-se uma rocha de coerência acadêmica e política, mas na verdade era rasgada por ambivalências violentas: apreciava a segurança institucional recém-conquistada no concurso para o Departamento de Letras da maior universidade do país, mas ansiava pelas incertezas e indefinições do ativismo mais direto; tinha opiniões convencionalmente governistas, mas se expressava com a retórica beligerante de quem estava sempre e por princípio na oposição; gostava de jogos de submissão, mas para praticá-los tinha de anular a vontade do parceiro que às vezes se cansava de a derrubar e dominar. Esse trânsito fluido entre opostos seria talvez aquilo que nos departamentos de Humanidades se chama de "dialética", arcana disciplina capaz de converter todo e qualquer fato em seu exato contrário, conforme as contingências da história e os caprichos do historiador.

Pois até a dialética tem seus limites, e Helena tropeçou neles duas vezes naquela quinta-feira de junho (deveriam ter sido três vezes, como as negações de Pedro, mas foi tudo demasiado rápido e não houve tempo para a História se encontrar com a Teologia). A primeira delas foi a pedra que caiu aos meus pés. Tempos antes, quando lhe contei das chamas revolucionárias que consumiram a cabeleira de Augusto Souto, Helena demonstrara respeito pelo ex-namorado de minha filha que se arriscava na fabricação de coquetéis molotov. No entanto, diante da turba armada com primitivos paus e pedras — não vi nenhum artefato incendiário naquele dia —, Helena recuava, com prudência conservadora. (Como na vez em que, depois de agarrá-la e derrubá-la, esperneando, no chão do banheiro, o meu entusiasmo pela vitória fez estalar um tapa talvez demasiado forte em suas nádegas: "Para tudo, para tudo. Assim também não, Alexandre!".)

E agora, quando nos reintegrávamos ao grosso da marcha, já na Consolação, a dialética falhava mais uma vez: dois militantes tentaram desfraldar a bandeira de seu partido — uma dessas agremiações minoritárias que costumam ostentar no nome o "operário" que raramente se encontra em suas fileiras estudantis —, mas foram impedidos por manifestantes que os cercaram, aos gritos.

— Partido aqui não, partido aqui não.

Helena não gostou. Como então queriam democracia sem partidos? Caminho aberto para o fascismo! Eu aprendera com Laura a nunca prolongar uma conversa em que se fala de fascismo.

— Vamos adiante — disse.

Hoje me pergunto se essa frase tão simples e pobre não terá sido o ponto-final da minha relação com Helena. "Vamos voltar", eu poderia ter dito, aproveitando o desgosto dela com as tendências reacionárias de alguns manifestantes. Mas não: fomos adiante, ainda de mãos dadas. A passeata subia a Consolação, trancando os dois lados da rua, e divisávamos já os muros altos do cemitério. A noite caíra, mas sobrava um resto de luz no céu; ainda conseguíamos divisar a silhueta das estátuas funerárias. Chamei a atenção de Helena para um Cristo no topo de um mausoléu. De costas para os jovens que ao nosso redor cantavam refrãos contra a Rede Globo, ele abençoava, braços abertos, a multidão silenciosa do lado de dentro dos muros. O artista comissionado por algum antigo barão ou comendador paulista tivera a sensibilidade de fazer com que os antebraços de seu Cristo se elevassem uns trinta graus em relação à linha dos braços, em uma postura natural, bem diferente da pose reta, rígida e ridícula que tornou famoso — "icônico" seria o adjetivo da moda — o Redentor do Corcovado. Helena levantou a hipótese de que aquela estátua fosse anterior ao marco carioca, e não conseguíamos lembrar quando fora erguido o Redentor: começo dos anos 1930, ela dizia (com razão); eu arrisquei uma data mais recuada, pelo início do século xx. A tensão começava a se acumular entre os manifestantes, circulavam relatos imprecisos sobre uma "negociação" entre a linha de frente da passeata, que desejava subir até a Paulista, e a polícia de choque que, com escudos, cassetetes, bombas de gás e armas de bala de borracha, barrava nosso caminho pouco acima do cemitério; uma roda de dez, doze pessoas na calçada ao nosso lado passava uma garrafa de vinagre para molhar os lenços que usariam no rosto — mas Helena e eu discutíamos trivialidades artísticas.

— Você já leu Veblen? — perguntei.

Em geral, era ela quem me perguntava se eu havia lido Giorgio Agamben, Homi Bhabha, Judith Butler, e eu desenvolvera toda uma variedade de respostas bem-humoradas para sugerir docemente que tenho mais o que fazer. Era justo que os papéis se invertessem na nossa última conversa. Não, Helena nunca havia lido Veblen.

— Eu li *A teoria da classe ociosa* na faculdade. — Na verdade, fiz só uma leitura transversal, o que bastou para acertar uma questão na prova de economia. — Veblen diz que o consumo conspícuo é uma característica da tal classe ociosa, e eu sempre imaginei que não podia existir consumo mais conspícuo do que esse.

Apontei para a estatuaria que se elevava acima do muro, sombras indistintas e ominosas na noite que mal começava.

— Imagine, Helena, esses quatrocentões de merda, esses baronetes do café, já meio quebrados mas ainda com crédito na praça, e os italianos, os imigrantes que tomavam o lugar deles, gente que veio com uma mão na frente e outra atrás mas que impressionava os nativos com uns títulos de conde ou visconde, uma nobreza meia boca, duvidosa, inventada na cara de pau. Pois então imagine, meu amor, essa gentinha toda comprando lotes no cemitério provinciano que a puta do dom Pedro I inaugurou. Uma puta, não há dúvida, mas não qualquer puta: a puta que era marquesa.

Helena riu. Sempre soube fazê-la rir, mas aquela era uma risada diferente — uma risada com uma nota de estranhamento. Pois nunca antes ela me ouvira falar com essa... raiva?

Com esse sentimento. Com esse ressentimento.

— Veblen era americano, mas os pais dele eram imigrantes noruegueses. Dois países protestantes, Noruega e

Estados Unidos. Deve ter sido um gênio, Thorstein Veblen: como é que alguém chega à ideia de consumo conspícuo sem ter frequentado cemitérios católicos, sem conhecer o Cemitério da Consolação? Você já visitou essa merda à luz do dia? Já viu a breguice dos túmulos, dos mausoléus, uma família concorrendo com a outra para ver quem ergue o monumento mais grandioso, mais suntuoso? Um monte de cristos mal compostos, de santos tortos, de pietàs chorosas, de decalques tardios e feios de Michelangelo ou Bernini, e tudo para quê? Para guardar gente morta, carne podre, comida de vermes.

Helena me ouviu em silêncio. Já não ria.

— E eu achava que esse cemitério era a própria definição de consumo conspícuo. Mas tem coisa pior, Helena, tem coisa bem pior. Eu mesmo acabo de voltar da China. Da China! A gente foi para o outro lado do mundo, eu e o idiota do Eollo, e pra nada. Uma viagem pra mostrar que a empresa ainda pode pagar viagens, quando na verdade... O absurdo, o absurdo da coisa toda, Helena! Eu fui lá ver a linha de produção de um produto que eu nem sei qual é, porque ninguém me conta nada, porque... porque já nem adianta mais, na situação em que a empresa está, não vai ser... não tem mais como, não tem mais pra onde ir.

Eu apressava o passo — ultrapassáramos o portão do cemitério, fechado — com uma urgência que não sei de onde vinha, e assim perdia o fôlego e o fio da meada. Nunca antes dissera a Helena — ou a qualquer outra pessoa — que eu não tinha a menor ideia do que estava fazendo no trabalho, e queria contar mais, dividir com ela a fatuidade dos meus dias, o tédio das reuniões em que nada se resolvia, a abjeção da convivência cotidiana com colegas mesquinhos e medíocres como Suarez, a melancolia de testemunhar Souza arrastando seu fracasso pelo escritório, e a vergonha de ter pronunciado a palavra "genial" no restaurante de um hotel sem hóspedes em uma cidade fantasma da China.

Mas então explodiu o caos.

A bomba de gás lacrimogêneo caiu uns quinze metros à nossa frente. A primeira coisa que notamos foi a dispersão da garotada, a correria doida para fugir da bomba — só então vimos a fumaça branca no meio dos manifestantes. Helena disse um palavrão, eu disse outro, e foi a senha para darmos meia-volta, para descermos a Consolação correndo. Uma segunda bomba parou um pouco adiante de nós, e um rapaz com o rosto coberto por um lenço negro, a camiseta também preta com uma única letra branca — um A rabiscado no meio de um círculo —, correu na contramão dos que fugiam e chutou a bomba, um chute espetacular, que levantou um rastro de fumaça pelos ares. A tropa descia a rua em linha cerrada, com seus escudos transparentes, mas ainda tínhamos uma boa vantagem. Mesmo correndo, Helena e eu continuávamos ridiculamente de mãos dadas. Corríamos no mesmo ritmo, e lembro que no meio de todo o pânico ainda olhei para ela com admiração, talvez até com enlevo. O rosto sério, o olhar fixo no caminho à frente, os lábios entreabertos no esforço de manter a respiração, o rabo de cavalo (que eu nunca a vira usar antes) balançando ao ritmo apressado de seus passos... Eu amei Helena naquele momento. Absurdamente, eu a amei por me fazer viver aquele momento, por ser a única mulher capaz de me carregar para um quase enfrentamento com o batalhão de choque. Era verdade, afinal: Helena fazia de mim um homem melhor.

Os manifestantes, em sua maioria, desciam a rua sem

desviar por outras vias, talvez para não perder a precária posição que firmaram naquela artéria central da cidade. Meu plano era dobrar à esquerda logo adiante, na rua Sergipe, e então seguir com calma até meu prédio: uma vez afastado da Consolação, um casal de aparência respeitável andando calmamente junto ao muro do cemitério não chamaria a atenção dos policiais. Já quase chegávamos à esquina quando virei o rosto para trás — queria me certificar de que o choque não nos alcançaria.

E então a vi.

Trazia o rosto oculto, mas não por um lenço: usava uma máscara de porcelana, uma peça que obviamente não se destinava às escaramuças de rua. Ela corria com a mão direita junto ao rosto, sustentando a máscara demasiado pesada, que ameaçava cair.

Uma máscara vermelha, com uma grande mancha branca abaixo do olho esquerdo.

Parei, e senti o puxão de Helena na minha mão.

— Alexandre, o que houve? Está perto agora, vamos embora!

A menina da máscara também me viu, e estacou. O rapaz que corria logo atrás quase esbarrou nela, desviando, meio desequilibrado, pela esquerda. Ficamos assim, a menina da máscara e eu, olhando um para o outro, por um tempo que na minha memória parece incalculável mas que certamente não chegou a cinco segundos, quando alguma coisa a atingiu por trás, e ela foi jogada ao chão, os membros perdidos, desengonçados, o rosto batendo na quina do calçamento central.

Larguei a mão de Helena. Tenho quase certeza de ter lhe dito algo — *vai, continua sozinha, tenho de resolver uma coisa* —, mas, eu sei, uma quase certeza não é certeza nenhuma. Corri até a menina, que se revirava de bruços no chão, incapaz de se erguer, decerto sem ar por causa do impacto da bala de borracha. Um rapaz loiro e sardento — não trazia lenço no rosto — ajoelhara-se a seu lado, solícito mas apatetado, sem saber o que fazer. Eu a virei, passei meus braços por debaixo de seu corpo, e a ergui no meu colo. Três pândegos acharam tempo no meio da fuga para me aplaudir.

— Aí, tiozão! Manda ver!

Um caco da máscara quebrada cortara a testa da jovem — era um corte até pequeno, que seis pontos com linha fina consertariam, mas o sangue que cobria o rosto dela me alarmou. Desisti da Sergipe: tomaria a primeira rua no lado oposto da Consolação, e de lá buscaria o caminho para o Hospital Sírio-Libanês. Uma bomba explodiu alguns passos à minha frente, e eu quase consegui ultrapassar incólume a nuvem de fumaça tóxica, mas já não corria tão rápido com uma moça ferida no colo — a garganta, as narinas arderam, os olhos foram fincados por milhares de alfinetes químicos, as lágrimas turvando minha visão quase a ponto de me fazer passar reto pela rua que planejara pegar. Consegui deixar a Consolação bem antes que os policiais barrassem as ruas laterais, mas continuei a correr — enxergando mal e esquecido de que o tráfego não estava bloqueado nas demais ruas, quase fui atropelado.

— Pai, pode parar agora. Eu já consigo caminhar.

Abaixei Laura devagar, para que pousasse no chão com suavidade. Encostei-me um tempinho na parede de um prédio, recuperando o fôlego, massageando os braços doloridos, e depois enlacei minha filha, para ampará-la na caminhada até o hospital. Laura não perguntou como eu fora parar no meio dos jovens radicais, nem eu a critiquei por ser um deles. Seguimos em silêncio.

Tive minha primeira crise de hérnia em 1992, na viagem de lua de mel pela Toscana. Colocava as bagagens no porta-malas do carro alugado quando a pontada atravessou minha lombar, e eu rolei pela rua, gemendo, travado e humilhado. Os médicos italianos me encheram de analgésicos, que mal aliviaram a agonia do trajeto até Roma. Minha extremosa esposa assumiu o volante, resmungando e reclamando porque teríamos de voltar mais cedo para o Brasil. E ainda assim, dois anos depois, cometi a temeridade de ter uma filha com aquela mulher.

De volta a São Paulo, fiz fisioterapia e RPG. A hérnia de disco foi um alerta para o preço de uma vida sedentária no escritório. Não só me inscrevi em uma academia, o que já havia feito três vezes antes, como passei a efetivamente frequentar a academia, e a correr todo dia. De quando em quando, eu ainda sentia um discreto desconforto na lombar, mas nunca mais fora imobilizado pela dor. Carregar Laura por três quadras, porém, foi além da conta. Enquanto a adrenalina corria pelas veias, aguentei o tranco. Quando afinal relaxei, na cadeira em frente ao atendente do Sírio-Libanês, a velha inimiga voltou a fincar seu punhal nas minhas costas. Eu explicava ao rapaz no balcão de pagamentos que Laura era minha dependente, que ela estava coberta pelo meu plano de saúde, mas havia um entrave: minha filha imprevidente saíra de casa sem o cartão do plano e, pior, sem nenhum documento de identidade. Ficou acertado que eu traria os documentos em outro dia, mas o hospital pedia o número de um cartão de crédito, como garantia. Pois o maldito cartão escapou dos meus dedos e caiu um pouco à frente do meu pé direito (quase como a pedra, poucas horas antes). Sentado como estava, curvei-me para apanhá-lo. A dor na lombar explodiu então, lancinante. Travado, não tinha como voltar à minha posição na cadeira. Joguei-me ao chão, gemendo.

Laura, com o corte na testa ainda sangrando, correu para acudir o pai.

— Pensei que era um ataque cardíaco — ela me disse mais tarde.

Acabamos separados no hospital. Laura passou pela sutura na testa e pelo raio X do tórax — a bala de borracha deixara um imenso hematoma nas costas, mas felizmente não houve fratura das costelas. Eu fui encaminhado para a ressonância magnética, que confirmou o que já sabia de consultas anteriores. O disco gelatinoso arrebentado, entre as vértebras L2 e L3, voltara a pressionar minha medula espinhal.

Seguiu-se a lenta recuperação, em casa, à base de analgésico, anti-inflamatório e Old Pulteney (generoso presente de despedida de meus anfitriões chineses). Os jornais trouxeram fotos de policiais espancando rapazes de máscara, de jovens com sangue no rosto, de jornalistas com a face deformada pelas balas de borracha. Ninguém fotografou minha patética queda ao chão no hospital. Fui uma baixa não computada da repressão. (A dor lombar inviabiliza qualquer carreira revolucionária. Se Robespierre ou Lênin sofressem de hérnia de disco, a história do mundo seria outra.)

Laura veio me visitar, coisa que não costumava fazer. Assistimos, pela TV — eu estirado no chão da sala, que provocava menos meu disco irritadiço do que o sofá onde minha filha se instalara —, às manifestações que, nos dias seguintes, mobilizaram multidões por todo o Brasil. São Paulo, Rio, Porto Alegre, Belo Horizonte, Salvador, Brasília... A reportagem da GloboNews passava de capital em capital, e em todas víamos as imagens aéreas das massas na rua. A truculência da polícia paulista parecia ter trazido à superfície a indignação nacional que até então permanecia subterrânea. Laura dividia-se entre o entusiasmo pela dimensão que o movimento tomara e um certo desprezo pelo seu desvirtuamento nas mãos (ou nos pés, pois todo protesto se resumia a andar, marchar) de uma classe média conservadora. Nossa pobre e maltratada manifestação tivera bem menos gente, mas fora mais radical, dizia a minha filha. Uma cumplicidade feliz e fugaz se estabelecera entre pai e filha. Laura moderava sua retórica militante. De minha parte, não a critiquei nem questionei sobre sua presença no protesto. Que autoridade eu teria para tanto — eu, que quase apedrejara um posto avançado do capitalismo rentista? Laura fez algumas piadas sobre minha inusitada participação no *movimento*, mas, discreta, não perguntou minhas razões. Ela me vira ao lado de Helena, entendera que eu não estava lá só por vinte centavos.

Minha filha estava triste pela máscara esfacelada no asfalto da Consolação. A peça de Eduardo Bordeiro estivera, nos últimos anos, na parede de seu quarto (ao que parece, minha ex considerara a obra do irmão demasiado tétrica para ser exibida na sala de estar). Em um protesto anterior, Laura viu um amigo com a grotesca máscara de Guy Fawkes, e então pensou que o rosto rubro com um sarcoma na bochecha faria um *statement* mais potente do que a cara de um terrorista católico do século xvii estilizada por um desenhista de histórias em quadrinhos do século xx. Descobriu que fora uma ideia ruim tão logo se viu obrigada a correr. O elástico improvisado que Laura instalara na máscara não dava conta de fugas da polícia — nem de balas de borracha.

— Pai, você me desculpa pela máscara do tio Eduardo? — ela me perguntou, quando estava para ir embora.

Respondi que ela não me devia desculpas, que a máscara perdida era mesmo dela, assim como a outra máscara pendurada na minha sala de estar seria sua, no dia distante da minha morte. Laura reprovou "essa conversa chata de morte", depois me abraçou, com suavidade — eu ainda estava enfraquecido e com dor, e arrastava os pés para andar pela casa —, beijou minha face direita, e foi embora.

Gostaria de dizer que as tais Jornadas de Junho foram um marco afetivo na minha vida, que a partir dali minha relação com Laura mudou, que deixamos de brigar em torno de questões políticas que só interessam realmente a um de nós. Como não posso dizer isso, não digo mais nada.

O leitor, meu irmão hipócrita e cafajeste, entedia-se com cenas de ternura paternal e deseja saber o que foi feito de Helena. Pois bem: logo que cheguei ao hospital, constatei que ela havia ligado quatro vezes para meu celular. Planejei ligar de volta tão logo Laura recebesse os devidos cuidados médicos. A hérnia atalhou meus planos, e não encontrei mais ânimo para telefonar durante a semana de convalescença. Para as exigências eróticas peculiares de Helena, um amante prostrado pela dor lombar seria inútil, ponderei. Se ela mesma não retomara o contato nesses dias, não seria porque julgava nossa história encerrada? Além do mais, as explicações que eu teria de dar... Tudo tem seu curso, afinal. Eu já sentia um certo cansaço de nossa relação; não fosse pela viagem à China, é bem provável que teríamos rompido bem mais cedo.

Não esquecerei Helena. Aprendi muito com ela. Ainda que seus fetiches por vezes tenham me cansado, graças a eles ganhei uma nova admiração pelo esforço reprodutivo de nossos ancestrais, obrigados a perseguir a fêmea da espécie na vastidão de pradarias paleolíticas onde nenhum sofá ou mesa de cozinha se interpunha à fuga dela. É claro que, no meu cenário civilizado, perseguição e fuga foram sempre um jogo, o que me conduz de volta à pergunta dolorosa para o orgulho de macho: conseguiria submeter Helena se ela já não estivesse predisposta a ceder? Não é que eu pretenda realmente tentar o desafio de conquistar quem recusa a conquista — mas aprender krav maga não me faria mal. Vou buscar uma nova academia.

Uma nova mulher eu já encontrei. Não é da área de letras, mas tem se revelado uma leitora muito sensível — às vezes demasiadamente sensível para estas páginas tão grosseiras. Suas *brincadeiras* exigem menos vigor que as de Helena, mas são mais variadas.

Agora, chega desse assunto.

Minto. O assunto não se encerrou.

Tempos depois — creio que em agosto —, almocei com meu irmão em um bistrô francês (sim, o mesmo em que Helena pediu o magret de pato). Fábio me contou de sua participação nos protestos, dois meses antes. Ao lado de Mariana, foi para a rua com um moletom da Green Witch e um cartaz contra a construção da hidrelétrica que inundaria terras de seus sagrados índios. Já era noite quando fez a travessia da Ponte Estaiada. Narrava seus feitos com a tranquila certeza de que tudo aquilo seria matéria estranha para mim, de que eu, em junho, só tirara o pé do apartamento para ir ao escritório. Era uma suposição razoável, considerando-se meu histórico e minha personalidade — mas me irritei com Fábio, mesmo assim.

Nada lhe disse sobre a turba que depredou uma agência bancária, sobre a pedra que quase juntei do chão, sobre a pungência do gás lacrimogêneo nos meus olhos. A rara cumplicidade que dividira então com Laura conservava seu encanto sobre mim. Só agora, à medida que vou chegando ao fim deste relato, junho de 2013 deixa de ser uma coisa íntima, afetiva, familiar, segredo de pai e filha. Deixa de ser o *meu* junho de 2013 para se converter no estranho evento político sobre o qual muito se escreve e do qual pouco se entende.

Saí do restaurante cismando: por que Fábio nunca me perguntara sobre o fim de meu relacionamento com sua ex-colega? Teria ouvido a respeito da única outra fonte possível? Em junho, meu irmão estava encerrando suas aulas na USP; é certo que teria encontrado Helena nos corredores e em reuniões docentes. Nesse caso, toda a conversa sobre protesto, Belo Monte, Ponte Estaiada pode ter sido só um meio de me sondar, uma provocação para que eu contasse o meu lado da história.

Foram pensamentos mesquinhos. Fábio não é uma pessoa oblíqua. Se não me perguntou sobre a separação, é porque voltara a respeitar a reserva que sempre mantivemos entre nós. Tenho de admitir agora que era eu quem desejava perguntas de Fábio. Queria falar a alguém sobre Helena — sobre o silêncio de Helena. Apenas quatro ligações não atendidas logo depois que nos separamos junto ao cemitério... Nos sofridos dias de convalescença, confesso, eu esperei por um telefonema, um sinal de vida — embora ao mesmo tempo temesse uma visita intempestiva: não queria que Helena me visse debilitado, dolorido, incapacitado.

Alguém dirá que, se eu mesmo não busquei Helena, foi por covardia. Mas foi por desânimo, apenas. E vale observar que Helena nunca foi apresentada a Laura. A mulher que vê seu parceiro afastar-se em meio a um confronto de rua para socorrer outra mulher — bem mais jovem, mal saída da adolescência — pensará que esse homem move-se por amor paternal? Nos pouco mais de três meses que estive com Helena, nunca vi uma crise de ciúme. A memória que tenho dela sairia diminuída se eu presenciasse seu rosto clássico desfigurado por esse sentimento tão antiquado e feio. Acabamos, Helena e eu, em silêncio. Melhor assim.

E é claro que não pude deixar sem resposta o relato de meu irmão sobre seu timorato dia de manifestante.

— Ora, me poupe! — atalhei a conversa de Fábio quando ele saboreava o *pain perdu* da sobremesa. — Então você acredita que desfilar pela Ponte Estaiada com um cartaz contra Belo Monte significa alguma coisa? Muda alguma coisa? Tudo o que vocês fizeram, você e Mariana e seus amigos do Green Witch e toda a multidão que atravessou o rio Pinheiros sem molhar os pezinhos insurgentes, tudo o que vocês fizeram foi caminhar. "Caminhando e cantando..." Nossa, como é velha essa música! Caminhar, andar, marchar, isso tudo é muito velho. Tudo isso é *primitivo*. Pois não são só os seus queridos índios que são primitivos, Fábio. Brancos e negros e orientais, somos todos primitivos, ainda apertando os olhos quando saímos da escuridão da caverna. Nessa agitação toda de junho, só o que fizemos... só o que vocês fizeram foi obedecer a um impulso arcaico, um imperativo biológico em nada diferente da programação natural que faz as formigas andarem em fila.

Fábio ficou desconcertado com minha irrupção súbita. Fiz uma pausa para terminar o cafezinho e organizar melhor minha hipótese darwinista. Foi então que cheguei à Teoria do Protesto Ambulante.

— Repare, Fábio, que, a despeito do tão propalado dinamismo da vida urbana, as multidões que vivem em cidades são eminentemente estacionárias. Da perspectiva de algum gene ambulante que tenhamos herdado de nossos ancestrais, o metrô nunca sai da caverna; o carro e o ônibus serão apenas cavernas que se movem. O ímpeto nômade que do Pleistoceno em diante nos impulsionou da África para a conquista de todo o planeta vive sufocado nas metrópoles. Esse *movimento* que você considera um sopro renovador na vida nacional pode muito bem ter se originado do simples desejo de andar, apenas andar, sempre em frente. Por isso ninguém se importou em saber aonde se queria chegar.

Reproduzo com alguns ajustes de estilo o que disse então, mas o sentido geral foi mais ou menos esse. Fábio apenas balançou a cabeça enquanto fazia o sinal para que o garçom trouxesse a conta.

— Alexandre, você está cada dia mais reacionário.

— Alexandre, o black bloc! — ironizou a amiga que vem revisando estas páginas, quando leu, ontem à noite, o relato de minha fulgurante passagem pelos protestos.

A expressão em inglês me fez estremecer — por Laura. No início deste 2014, quando dois radicais da imbecilidade mataram um cinegrafista de TV com um estúpido rojão, eu me lembrei das palavras dela quase um ano antes: "Eu não aprovo *certas formas* de violência...". Mas minha filha não irá tão longe. Se minha erodida autoridade paterna já não vale tanto, posso ao menos confiar no efeito pedagógico da bala de borracha. Algo se aprende das piores experiências.

O que eu mesmo aprendi ao rememorar nestas páginas as experiências de junho de 2013? Nada que eu não soubesse desde sempre. Guardo um pueril orgulho de meu dia entre as tribos rebeldes. A façanha física por si só já é admirável: vi alguns jovens ajudando amigos caídos a se reerguerem, mas nenhum desses moleques com lenço na cara foi capaz de *carregar* uma garota de cinquenta quilos em meio ao gás lacrimogêneo. E há ainda o estranho contentamento de realizar algo que contraria nossas disposições mais arraigadas — o prazer esquizofrênico de trair o próprio caráter. Sim, eu, o executivo malogrado que sempre foi (e continua sendo) indiferente à política, o burguês decaído, o reacionário, o fascista — eu estive lá, eu vi uma agência bancária ser apedrejada e depredada, eu marchei em direção à avenida Paulista discursando contra a ostentação funerária da classe ociosa, eu sofri a desmoralização do gás de efeito moral, eu fugi da polícia.

Sei que essas ações só me trouxeram perdas. Abandonei a amante, vi uma obra do amigo morto destroçada, fui dobrado pelas estúpidas deficiências do corpo, aceno da velhice que me aguarda. Mas não sai desiludido quem começa sem ilusões. Um milhão de brasileiros saíram às ruas para encenar uma versão medíocre do soldado que lutou em Waterloo mas não percebeu que participava de uma batalha histórica: marcharam juntos sem saber em que guerra estavam e voltaram com a certeza de terem sido derrotados. Eu serei outro personagem literário — talvez o cínico detetive *noir* que a *femme fatale* arrasta para o perigo.

— Você está melhor, Alexandre?

Souza perguntou pela minha saúde. Foi o único no escritório a fazer essa cortesia. Respondi que estava bem. Mas não me julgava totalmente recuperado quando, no dia anterior, minha secretária telefonou para avisar da "cerimônia" (só agora, enquanto escrevo, percebo como a palavra é pomposa) na qual nosso comandante, de volta de seu tour oriental, finalmente apresentaria o Produto aos ansiosos comandados. Achei de bom-tom não faltar. Já conseguia andar com desenvoltura; permanecer sentado era ainda incômodo, mas nada que uma dose reforçada de analgésicos não resolvesse.

Pela manhã, fui chamado a uma reunião com Eollo e Niquil. Os colegas que me viram entrar na sala decerto imaginavam que eu fora incluído na pequena cabala de conhecedores do grande segredo, mas nem nessa última conversa antes do momento da revelação me foi confiada alguma pista. A reunião foi, como tantas outras de que participei em meu passado corporativo, perfeitamente inútil. Eollo falou de seu entusiasmo com a "nova fase" que a empresa estava inaugurando; Niquil garantiu que a fábrica chinesa estava em operação — milhares de operários já instalados na cidade que eu vira deserta —, e eu me mantive em silêncio. Eollo mostrava-se certo do sucesso. No entanto, vislumbrei uma fissura naquele monumento de autoengano quando, nervoso, ríspido, ele destratou a servente que pusera açúcar em vez de adoçante no seu café. E eu ouvira claramente o seu pedido: dois saquinhos de açúcar.

O Produto já estava, desde cedo, sobre uma mesinha no hall de entrada — único espaço amplo o bastante para abrigar todos os trinta e poucos funcionários —, coberto por uma dramática toalha vermelha. Ninguém se arriscou a levantar o pano para espiar: seria demissão por justa causa. A cerimônia começaria às quinze horas. Só então o pano seria levantado, e a sorte, lançada.

Pois às três da tarde estávamos todos lá, os trinta e poucos, à espera do oficiante da cerimônia, Eollo. Postei-me discretamente na fileira mais ao fundo da sala. Foi quando Souza aproximou-se de mim. Aprumara-se para a grande ocasião. Barba aparada, gravata com nó impecável e lenço no bolso do casaco, era de novo um senhor distinto, aquele que me estendia a mão cordialmente.

— Você está melhor, Alexandre?

— Sim, Souza, bem melhor.

— Ah, que bom. Fico feliz que você esteja bem. Muito feliz.

— Obrigado...

Souza sorria. Era um sorriso maníaco, esquisito, que não sei descrever. Busco um termo de comparação, e me ocorre somente o sorriso beatífico do santo que, na roda dos suplícios, vislumbra a glória eterna com que seu martírio será recompensado. Souza conhecia seus suplícios — a fria ingratidão dos filhos, o menosprezo cotidiano dos colegas, a ampla solidão do apartamento de viúvo na Pompeia —, mas não era um santo.

— Boa tarde a todos! É um prazer imenso ver essa equipe maravilhosa reunida aqui hoje. Vocês são guerreiros, todos vocês!

Eollo fazia sua entrada. Emoldurado pelo janelão de onde se divisava o horizonte de edifícios comerciais da Faria Lima, ele se colocou à direita da mesa, a mão pousada sobre o pano vermelho.

— O que eu trago para vocês, aqui, hoje, é a mudança. Hoje, aqui, a gente está abrindo um novo capítulo desta empresa. Nada vai ser igual ao que era antes. Tudo, tudo mesmo, vai ser diferente. Porque a inovação, meus amigos, a inovação não é sempre o que a gente imagina. E é por isso que, antes de inovar as coisas que a gente faz, a gente precisa inovar o que a gente pensa.

O discurso estendeu-se por dez minutos, em uma compilação das frases de efeito com que Eollo vinha nos iluminando desde que entrara na empresa, pérolas como "para fazer diferente tem que fazer a diferença", ou algo que o valha. A um gesto seu, a secretária lhe passou uma revista com capa sobre os protestos nacionais. Eollo abriu uma página na seção de cultura, uma reportagem sobre a volta do disco de vinil. "Irresistíveis bolachões" era o título.

— Disco de vinil. LP. Quem aqui imaginou que isso ia voltar um dia? Talvez o Souza, que é do tempo do gramofone.

Risada geral. Algumas cabeças se voltaram para o senhor distinto ao meu lado, que, indiferente, sorria seu sorriso esquisito.

— Estou brincando, o Souza sabe que é só brincadeira! É como dizem por aí: o Souza não é velho, ele é vintage. Mas isso não é piada, não. Este é o novo *conceito* que a gente vai começar a trabalhar. Olhem só para isto aqui: a juventude agora ouve discos de vinil.

Na foto estampada na revista, o homem com fones de ouvido ligados à vitrola moderninha estava um tantinho acima do peso ideal e tinha nítidas entradas no cabelo. Teria já seus trinta e muitos anos. Mas parece que aqui, hoje, até os quarentões são considerados jovens.

— É mais um paradigma que a gente quebra: nem tudo é tecnologia de ponta, não. Digo mais: a ponta não precisa ser tecnológica, porque o velho, o que a gente pensava que era velho, se reconfigura como novo. O bolachão tinha sido superado pelo CD, e o CD também começou a morrer lá atrás, com o Napster, mas aqui, hoje, na era da música digital, os jovens estão voltando ao vinil. Não é só isso, não: os jovens estão voltando a ler livros.

Foi minha vez de rir. Notei que Eollo buscou rapidamente identificar de onde viera a gargalhada solitária — mas não me viu. Perturbei sua pausa dramática, que se alongou por alguns segundos além do necessário. Logo ele retomava o controle:

— E, graças a nós, os jovens também voltarão a *escrever*!

Eollo puxou o pano vermelho.

Uma exclamação feminina elevou-se sobre o silêncio da sala, um singular "ooooh" de surpresa, ou de bajulação. Também coube a Jussara Hansel puxar as palmas, a que os demais aderiram, a princípio hesitantes, depois com falso entusiasmo. A sala toda agora sorria um sorriso esquisito. A senhora incompetente que de manhã servira o café com açúcar em vez de adoçante aproximou-se com a bandeja, e Eollo pegou uma taça de espumante Salton:

— Hoje, aqui, é festa! Vamos celebrar, porque amanhã tem muito trabalho pela frente.

Busquei Souza, mas ele já não estava a meu lado. Só voltei a vê-lo meia hora depois, passando sem ser notado entre os vários grupinhos que falavam aos sussurros sobre a novidade. Souza parou em frente à mesinha. Baixou o olhar para o Produto afinal revelado. Agarrou-o com as duas mãos, uma de cada lado, para testar o peso: não, não era uma contrafação de plástico vagabundo. Ferro forjado na China, um modelo clássico. Souza deixou o Produto descansar um minuto sobre a mesa, depois voltou a erguê-lo, com mais ímpeto. Apoiou o objeto no peito, para melhor acomodá-lo, escorregando os polegares para a parte de baixo — e então o ergueu acima da cabeça, como um sacerdote pagão faria com a criança a ser lançada na pira sacrificial.

Entendi o que ele queria fazer.

Corri na direção do Souza, corri com a estúpida taça de espumante na mão. "Para, Souza, não faz isso", cheguei a gritar. Souza, os braços erguidos sustentando o precioso protótipo, também corria, e a distância que precisava cobrir era mais curta. A três passos da janela, ele arremessou o Produto. Não vai funcionar, pensei, não tem como, é vidro temperado.

A janela estilhaçou-se.

A máquina de escrever quebrou o vidro temperado.

Foi tudo muito rápido. É o que sempre dizemos em situações inesperadas e fatais — o acidente de carro, o assalto em que tiros são disparados, a explosão de violência na manifestação de rua. Tudo muito rápido.

Também o salto final pela janela: rápido, tão rápido que nem posso afirmar que eu o tenha visto. Lembro-me do vidro esfacelando-se em milhares de fragmentos, e de uma máquina de escrever voando absurdamente dezenove andares acima do chão. Depois percebi uma sombra que recortou-se contra a luz do dia para em seguida desaparecer, rápida, muito rápida.

Meu cérebro ainda recusava-se a compreender o que acontecera, mas as pernas entenderam tudo de imediato: parei de correr a cinco passos da janela. Não alcancei Souza, não consegui botar mais uma vez a mão em seu ombro. Alguém gritou atrás de mim, outra pessoa repetia uma prece maníaca — "meu deus meu deus meu deus"... Suarez foi o primeiro a ir até a janela, os cacos de vidro rangendo sob os seus sapatos. Segurou a moldura com a mão esquerda e inclinou-se, cauteloso, para ver a cena lá embaixo: na rua, um pequeno grupo ajuntara-se ao redor de um motoqueiro derrubado pela máquina de escrever arremessada com força impressionante. O salto não tivera o mesmo ímpeto: o corpo de Souza desceu quase rente ao prédio, espatifando-se entre as plantas do mezanino, no terceiro andar.

Suarez deixou a janela e veio em minha direção. "Era... era uma máquina de escrever", foi a única coisa que conseguiu dizer. Aos poucos, os demais funcionários também se aproximaram do vidro quebrado, para atestar a queda definitiva de Souza. Antes de ir eu mesmo contemplar o corpo, olhei bem ao redor do hall de entrada: Eollo não estava mais lá. Foi tudo muito rápido.

"Vai valer a pena?", Souza me perguntara. Parece ter

concluído que não, que nada mais valeria a pena. Não pode ter sido só por causa do aperto financeiro. Souza tinha suas dívidas, como todos nós, e sofrera um desfalque, mas a fuga da filha Luíza e do neto José pelo menos o liberara de gastos pesados. A empresa, mesmo no rumo inelutável da debacle, ainda pagava metade de nosso plano de previdência; Souza poderia ter se aposentado com algum conforto na tranquila casa de praia que tinha na Barra do Sahy.

Talvez tenha sido a consciência dos vários fracassos que afinal se fundiam em um fracasso singular: a tediosa sucessão de derrotas pessoais, afetivas, profissionais, o desperdício de toda uma vida materializado subitamente em uma máquina de escrever fabricada na China para ser vendida no Brasil quase ao preço de um notebook, milagroso produto que inovava por ser tão antiquado, um *conceito* que só seria entendido por uma dúzia de barbudinhos descolados, filhos da classe ociosa que comporiam seus poemas sofríveis catando milho no duro teclado mecânico. Talvez tenha sido a humilhação final a que Eollo submetera Souza, na presença de trinta e poucos colegas e de uma servente que não sabia adoçar o café. Ou a solidão, a impotência, o peso da idade, a próstata inchada...

Ou talvez...

Quem, quando, onde — essas perguntas comportam uma resposta única e clara. "Por que" abre a porta para a indeterminação, para a incerteza. Por que um executivo cujo único talento são frases de efeito vazias ainda é contratado a peso de ouro por empresas que já não têm como pagar tanto? Por que um artista promissor morre prematuramente antes que se reconheça seu estranho talento? Por que o homem moderado descobre o súbito impulso de destruir um banco e por que a mulher revolucionária o chama de volta à ordem? Por que um pai corre para socorrer a filha que o despreza? Por que a filha aparentemente amorosa dá as costas ao pai dedicado para se embrenhar em uma comunidade mística no meio da selva? Por que um contador se joga da janela de um prédio comercial na cidade mais rica do país? Por que um milhão de pessoas saem às ruas para protestar contra ninguém sabe o quê? E por que um milhão de pessoas se recolhem a suas casas, apartamentos, barracos, cavernas, vãos de pontes, sem ter obtido nada do que não souberam pedir?

Ainda que fosse possível responder a essas perguntas, a resposta não resolveria nada nem ajudaria ninguém. *"Everyone is where everyone is."*

Foragidos da prisão que se convencionou chamar vida civilizada e desvinculados do plano material onde contadores emulam o método de suicídio clássico da Grande Depressão, Huguinho, Zezinho e Luizinha não puderam ser localizados. Saberão da triste notícia na próxima vez em que tentarem contatar o pai para pedir dinheiro. O irmão mais velho de Souza, engenheiro de uma empreiteira, e a irmã caçula, advogada especializada em direito financeiro, providenciaram o funeral no Araçá. Caixão fechado.

No enterro, a maioria dos presentes eram colegas. Eollo não compareceu, mas Niquil, com sua natural circunspecção tão adequada a ocasiões fúnebres, representou o chefe. Miguel Martins, colega de Souza que acabara demitido do Departamento de Contabilidade, também veio, o que, a princípio, me pareceu um gesto de admirável desprendimento. A irmã do morto passou o tempo todo resolvendo problemas profissionais por celular. O irmão consultava o relógio de pulso com alguma frequência, e parecia mais enfarado que triste. Houve apenas um momento de exaltação melodramática no velório. Roberto Suarez deitou a cabeça sobre o caixão, soluçando e fungando, e de lá saiu cabisbaixo, mão sobre os olhos que os ingênuos imaginariam inchados do pranto. No lado de fora da capela, Miguel Martins passou duas notas de cinquenta a Suarez. Fizera uma aposta com os antigos colegas: pagaria cem reais a quem cheirasse uma carreira na tampa do caixão. Suarez revelou-se o homem à altura do desafio.

O sepultamento foi no fim da tarde. Saí do cemitério na companhia de uma sobrinha de Souza. Mais jovem e menos ardente que Helena, foi o perfeito rompimento da abstinência que eu vinha mantendo desde a noite em que os gentis anfitriões chineses me ofereceram os serviços de uma profissional, em Pequim. Na relaxada conversa pós--coito, ela disse horrores dos primos que haviam desfalcado e abandonado o tio suicida. Eu a acompanhei nessa crítica, e com isso julgo ter prestado as devidas homenagens ao excelente Souza. Requiescat in pace.

O plano era lançar dois modelos. O primeiro, inspirado na Underwood número 1, era uma caixa de ferro vazada nas laterais, quase todo o mecanismo visível, as hastes das letras dispostas em um elegante arco acima do teclado de botões redondos, que convidavam à esquecida arte da datilografia. Bela máquina, esta que estilhaçou a janela do escritório — de uma beleza bruta e sólida, reminiscente de uma era impulsionada pelas caldeiras a vapor e pelos primeiros motores de combustão interna. O segundo modelo, anunciado para o início de 2014, seria a réplica (ou cópia) de uma Remington portátil dos anos 1950. Não chegou a ser produzido.

A notícia do suicídio ganhou os cadernos metropolitanos de *Folha* e *Estadão*. Niquil redigiu a nota enviada à imprensa, lamentando a morte de Souza, funcionário brilhante que dedicara trinta e quatro anos à empresa e que, nos últimos meses, vinha passando por "sofrimento psíquico". O caso tão bizarro do motoqueiro derrubado por dez quilos de anacronismo caídos do céu despertou mais interesse do que o suicídio. Mas o assunto morreu em poucos dias.

— O lançamento não será prejudicado — anunciou Eollo em uma reunião na semana seguinte.

Pedi demissão em julho. A máquina de escrever chegou ao mercado em setembro. Em novembro, Eollo foi contratado por uma companhia que fornece "soluções de software para gestão de varejo". A empresa que ele reconfigurara como a ponta de lança da inovação vintage pediu concordata no fim do ano.

Fábio indispôs-se com nossas piadas, Francisco foi para os Estados Unidos, Juliano nunca mais falou comigo depois que minha acompanhante no casamento de Jorge acertou-lhe o nariz. O Círculo da Blasfêmia desmanchou-se antes do último suspiro de minha carreira executiva.

Francisco e eu trocamos e-mails de vez em quando. Ele está orgulhoso do filho adolescente que chegou aos Estados Unidos inseguro no último ano da High School e agora já conseguiu admissão na universidade em Berkeley, que não fica longe da cidadezinha californiana onde meu amigo supervisiona o comércio de cerveja. Uma vida sólida, tranquila, bem estabelecida — e no entanto Francisco às vezes me confidencia o desejo de voltar para o Brasil.

Juliano deixou sua agência de publicidade para trabalhar em uma campanha eleitoral. Seu candidato perdeu (escrevo isto em novembro de 2014, poucas semanas depois do pleito), mas Juliano fez muito dinheiro. Dizem as más-línguas (alguém perde tempo ouvindo as *boas* línguas?) que ele precisará de alguma criatividade contábil para justificar esses proventos ao fisco.

O único que ainda encontro com alguma regularidade, em bons restaurantes ou em botecos informais, é Jorge. Foi-lhe concedida uma confortável posição na diretoria do instituto cultural mantido pelo banco do tio de Ângela. Outro dia ele me mandou, pelo correio, um exemplar da revista semestral que está editando, um grosso volume coligindo ensaios longos entremeados de suntuosos cadernos de imagens — fotos em preto e branco da seca no Ceará e reproduções de quadros abstratos de uma jovem artista carioca ("Derivativo! Rothko já fez isso antes", teria dito meu amigo Eduardo Bordeiro). O logotipo do banco só aparece em um canto discreto do expediente, mas a revista me pareceu uma versão acadêmica daqueles comerciais dedicados a demonstrar que as instituições financeiras têm coração, que só lidam com nosso dinheiro para que tenhamos tempo de correr descalços na praia. Sensibilidade social e elegância — a combinação certa para expressar o mais bancário dos sentimentos: a *mauvaise conscience* do spread. Aqui aparece uma reportagem meio sociológica sobre os deserdados da crise imobiliária americana; páginas adiante, uma feminista inglesa disserta sobre estereótipos de gênero no teatro elisabetano; logo ao lado, um ensaio indevassável de Slavoj Zizek é anunciado como inédito embora não me pareça diferente de alguma coisa do autor que penso ter lido na *Folha de S.Paulo*. Minha única surpresa foi descobrir um ensaio de Helena, uma leitura comparativa de duas canções: "Tigresa", de Caetano Veloso, e "Teresinha", de Chico Buarque. Na seção intitulada "Pensamento econômico", figura um solitário texto assinado por Jorge, sempre em seu sereno proselitismo liberal. Não o li, mas sei, de conversas com meu amigo, que é alguma coisa sobre "capitalismo popular".

Resta ainda meu irmão, Fábio. Cada vez mais absorvido pelo trabalho, o homem da sustentabilidade tem encontrado pouco tempo para seu irmão insustentável. A última vez em que nos vimos foi em setembro, quando ele me convidou para um círculo de conferências que a Green Witch promoveu no Rio. A estrela do evento foi nenhum outro senão John Teufelsdröckh! Falou sobre seu recém-lançado segundo livro, *Exceed and Exit*, uma nova teoria sobre a vida corporativa baseada em *O castelo*, de Kafka. A chave do sucesso, ensinou Teufelsdröckh, não é *entrar* na melhor empresa, mas *sair* dela no momento certo. Comprei um exemplar, que o autor gentilmente autografou, mas não vou ler.

Como se espera de um guru empresarial, Teufelsdröckh é um orador magnético. Consegue encantar os ouvintes a despeito de uma desvantagem substantiva: é um homem feio. A foto ao lado de Steve Jobs que figurava na orelha de *Power of Powers* e que ele teve o desplante de repetir em *Exceed and Exit* deve ser bem antiga — se é que é mesmo Teufelsdröckh o jovem loiro de ombros atléticos ao lado do criador da Apple. O palestrante que falou para a plateia empresarial no Rio era um tipo gorducho, cuja calva brilhava sob a iluminação do palco, e ainda ostentava um infeliz bigode que o deixava parecido com uma fuinha de desenho animado.

John Teufelsdröckh corresponde com exatidão à imagem que minha amiga leitora fez de Souza logo que o encontrou nas páginas deste relato.

A pedra é um enigma.

Resisto à palavra, que soa tão literária. Mas é isso: enigma.

Talvez pudesse resolvê-lo com uma especulação darwinista, à moda da Teoria do Protesto Ambulante que improvisei em um bistrô francês para escandalizar meu irmão. Em traços ligeiros, seria mais ou menos assim: paus e pedras foram as primeiras armas que a natureza nos ofereceu, e o instinto de sempre agarrar qualquer arma que apareça no caminho obviamente contribui para a sobrevivência do indivíduo. Se Alexandre vir uma pedra a seu alcance, Alexandre pegará a pedra.

É uma explicação insuficiente. Hoje, não acredito que eu tenha apenas cedido a um impulso inconsciente de meu passado evolutivo. Eu *quis* apanhar a pedra. Eu queria destruir alguma coisa, sim — alguma coisa bem maior do que uma trivial agência bancária, alguma coisa que no entanto não cairia só com pedradas. Não foi só por vinte centavos.

Minha carreira profissional pode não ter chegado ao

fim. Ontem, fui jantar com um de meus professores da FGV. Aposentado da universidade, ele abriu há cinco anos uma consultoria financeira, um escritório pequeno que atende clientes graúdos. Um de seus diretores saiu para trabalhar em um banco, e ele quer que eu ocupe o cargo vago. Mercado financeiro nunca foi minha área, aleguei, mas ele disse que eu tinha a experiência necessária para a posição. Sua septuagenária cabeça branca ainda respeitava essa intangível qualidade: experiência. Até a experiência do fracasso parecia contar a meu favor. Uma lástima, ele me disse, que tenham trazido Eollo, que eu não tenha ocupado o posto.

Com o indicador, ele traçava números invisíveis na toalha branca, como se fosse a lousa que usou ao longo de três décadas lecionando matemática financeira. Números pesados, melancólicos, negros — a profecia da praga, a previsão da peste, o vaticínio da fome que os cadernos de economia já estampam para qualquer um que saiba ler.

— É de um cara como você que eu preciso, Alexandre. — O magro indicador afinal descola-se da toalha e aponta para mim. — Uma pessoa pronta para enfrentar tempos bicudos. E então: você vem trabalhar com seu velho professor?

Tempos bicudos... A gíria tão antiquada, e tão leve, graciosa, colorida! Ouvi Helena me afastando dos vândalos: "A coisa está ficando feia". Ouvi Eollo conjurando a espada de Dâmocles para exaltar a vida por um fio que é a natureza do capitalismo no século XXI. E ouvi até a voz débil de Souza lamentando-se por nossa obsolescência tecnológica nesses tempos em que até seu desaparecido neto sabe usar o iPhone.

Concordei com meu antigo mestre: sim, estes são os dias da crise.

Fiquei de dar minha resposta em uma semana.

ESTA OBRA FOI COMPOSTA PELO GRUPO DE CRIAÇÃO EM MERIDIEN E
IMPRESSA PELA GRÁFICA BARTIRA EM OFSETE SOBRE PAPEL PÓLEN BOLD
DA SUZANO PAPEL E CELULOSE PARA A EDITORA SCHWARCZ
EM JUNHO DE 2019

A marca FSC® é a garantia de que a madeira utilizada na fabricação do papel deste livro provém de florestas que foram gerenciadas de maneira ambientalmente correta, socialmente justa e economicamente viável, além de outras fontes de origem controlada.